Bianca

D0835031

CAUTIVA ENTRE SUS BRAZOS

Carol Marinelli

Editado por Harlequin Ibérica.
Una división de HarperCollins Ibérica, S.A.
Núñez de Balboa, 56
28001 Madrid

© 2017 Carol Marinelli
© 2018 Harlequin Ibérica, una división de HarperCollins Ibérica, S.A.
Cautiva entre sus brazos, n.º 2652 - 3.10.18
Título original: Captive for the Sheikh's Pleasure
Publicada originalmente por Harlequin Enterprises, Ltd.

I.S.B.N.: 978-84-9188-976-2
Depósito legal: M-27639-2018
Impresión en CPI (Barcelona)
Fecha impresion para Argentina: 1.4.19
Distribuidor exclusivo para España: LOGISTA
Distribuidor para México: Distibuidora Intermex, S.A. de C.V.
Distribuidores para Argentina: Interior, DGP, S.A. Alvarado 2118.
Cap. Fed./Buenos Aires y Gran Buenos Aires, VACCARO HNOS.

Capítulo 1

JAMÁS habría ido si me lo hubieras dicho.
Maggie Delaney estaba molesta cuando se dirigía de vuelta al hostal de Zayrinia con Suzanne, su compañera de habitación.

Maggie, pelirroja y de piel muy blanca, había tomado demasiado el sol de Arabia, pero no era eso lo que la preocupaba en aquel momento, sino que la excursión inocente en barco que había esperado había resultado ser algo muy distinto.

–Era prácticamente una orgía –protestó.

–Yo no sabía que iba a ser así –se justificó Suzanne–. Creía sinceramente que íbamos a hacer *snorkel*. ¡Oh, vamos, Maggie, suéltate un poco!

A Maggie le habían dicho eso muchas veces en su vida, especialmente el último año.

No era íntima amiga de Suzanne. Se habían conocido unos meses atrás, cuando trabajaban en el mismo bar y se habían encontrado por casualidad allí en Zayrinia.

Para Maggie era el final de un año entero de vacaciones trabajando y había sido el año más increíble de su vida. Había viajado por Europa y Asia y ahorrado dinero suficiente para salir un poco del camino trillado en el viaje de vuelta a casa. Había incluido una parada en Zayrinia en la última etapa del viaje y se había enamorado del sito antes incluso de aterrizar.

Por la ventanilla del avión había visto que el desierto daba paso a una ciudad espectacular, en la que contrastaban rascacielos relucientes con una antigua ciudadela amurallada. Y luego, en la maniobra de aproximación final, habían sobrevolado el reluciente océano y el puerto deportivo lleno de yates lujosos. Maggie se había enamorado de Zayrinia a primera vista.

Ese día era el aniversario de la muerte de su madre y se había despertado un poco triste. Luego Suzanne le había dicho que le sobraba una entrada para una excursión en barco al arrecife de coral.

La inquietud de Maggie había empezado antes incluso de subir a bordo.

En lugar de un barco de *snorkel*, se habían acercado a un yate de lujo, pero Suzanne había desestimado la preocupación de Maggie.

—Invito yo —había dicho sonriendo—, antes de que vuelvas a Londres. ¿Estás deseando ir a casa?

Maggie no había tenido tiempo de contestar antes de que la interrumpiera Suzanne.

—Perdona, es una pregunta inoportuna, teniendo en cuenta que allí no tienes a nadie que te espere.

Esa disculpa insensible había sido más dolorosa que el comentario inicial, pero Maggie no había sabido qué contestar. Hacía mucho que le había contado a su amiga que había estado en muchas casas de acogida desde los siete años y no tenía familia.

–¿O hay alguien esperándote? –insistió Suzanne–. ¿Sigues en contacto con alguna de tus familias de acogida?

–¡No!

La respuesta de Maggie fue rápida y un poco dura. Era muy consciente de que en ocasiones parecía brusca. Eso era algo en lo que había intentado trabajar durante ese año. Pero no le resultaba fácil abrirse a la gente y Suzanne había tocado un punto débil. Cuando tenía doce años, a Maggie le habían prometido el oro y el moro. Durante unos meses había creído que formaba parte de una familia. Ya le había ocurrido una vez antes.

Un año después de la muerte de su madre, la había acogido una pareja joven, pero el matrimonio se había roto y ella había vuelto al albergue de acogida. Por un tiempo había recibido regalos de cumpleaños y Navidad, pero eso se había acabado. Le había dolido, por supuesto, pero nada comparado con lo que sucedió unos años después, cuando la había acogido otra familia. Maggie ya no esperaba nada para entonces, pero Diane, su madre adoptiva, se había empeñado en dárselo todo solo para quitárselo después fríamente.

Maggie se esforzaba por no pensar en aquello. Lo que pasó aquel día horrible no se lo había contado ni siquiera a Flo, su mejor amiga.

–Tengo amigos –dijo, esforzándose por no sonar a la defensiva y que Suzanne no captara que le había hecho daño.

–Por supuesto que sí. Pero no es lo mismo, ¿verdad?

Maggie no contestó.

Suzanne a menudo hería sus sentimientos sin darse cuenta. Maggie intentaba ser más confiada y abierta con la gente, pero no le salía fácilmente. Era muy consciente de ser un poco cínica y de que siempre tenía la guardia alta, algo que le había sido útil en algunos de los lugares donde había vivido.

Aun así, lo intentaba.

Por eso, en lugar de explicar que el comentario le había hecho daño y preguntarle a Suzanne dónde había conseguido la invitación, subió a bordo.

Cuando zarpó el yate, resultó cada vez más claro que no iban de excursión al arrecife de coral. Lo que había en el barco era una fiesta muy exclusiva y parecía que ellas estaban allí como floreros.

Pero, a menos que quisiera saltar por la borda, había ya poco que Maggie pudiera hacer. Vestida solo con un bikini y un pareo, se sentía vulnerable. Al principio intentó sonreír y aguantar el tipo, pero era demasiado consciente de los ojos que recorrían su cuerpo y eso la hacía sentirse sumamente incómoda e irritada, aunque Suzanne no dejaba de decirle que se relajara.

Maggie rehusó el champán gratis que fluía sin cesar, pero, harta de agua y necesitada de algo dulce bajo aquel sol feroz, pidió un cóctel sin alcohol.

Le dieron una bebida especiada y con sabor a canela, que le supo de maravilla, hasta que, cuando iba por la mitad, empezó a sentirse enferma y mareada.

Pensó que podían haber entendido mal su pedido, aunque resultaba dudoso, y se sintió agradecida cuando Suzanne la sacó del sol y la llevó a tumbarse a un camarote.

–Has tardado siglos en volver –comentó Suzanne cuando se veía ya el hostal–. Venga, cuéntame. ¿Qué habéis hecho el príncipe sexy y tú?

Maggie se detuvo en seco.

–Nada –contestó–. ¿Cómo iba a saber yo que estaba en el camarote real?

–¿Y cómo iba a saberlo yo? –replicó Suzanne con calma–. Ha sido un error, te lo aseguro.

Maggie se encogió de hombros e hizo lo posible por olvidar el tema. Aunque parecía que con Suzanne tenía que hacer eso muy a menudo. Pero guardó silencio de nuevo, prefiriendo creer que había sido un simple malentendido y agradecida de que no hubiera pasado nada grave. De hecho, había sido agradable esconderse un par de horas en el frescor del camarote, aunque al principio había sido violento que entrara el príncipe y la encontrara tumbada en su cama.

Suzanne asumía que había ocurrido algo más.

No era cierto.

Con ella nunca ocurría.

A veces se preguntaba por qué su libido era tan baja, pues ni siquiera ver a un príncipe sexy con solo una toalla alrededor de las caderas conseguía excitarla.

Al principio había sido violento. Ella se había disculpado, por supuesto, y habían terminado hablando.

No había ocurrido nada más.

Cuando entró en el hostal, Maggie solo quería ducharse, comer algo y contestar algunos correos electrónicos. Paul, su jefe en el café en el que había trabajado antes de salir de viaje, andaba corto de empleados y le había pedido que le dijera cuándo llegaría a casa y si quería su antiguo trabajo.

También quería enviarle un correo largo a su amiga Flo, que sin duda se reiría al imaginarse a Maggie sola en un dormitorio con un príncipe sexy y que los dos se limitaran a conversar.

Después de eso, solo quería leer en paz.

Quizá eso era mucho pedir, teniendo en cuenta que se hospedaba en una habitación de cuatro camas en el hostal, pero Suzanne se había apuntado esa noche a la excursión de ver las estrellas y las otras dos mujeres se habían marchado aquella mañana.

Con suerte, no habrían llegado más.

—¡Maggie!

La llamaban desde Recepción. La joven se dirigió hacia allí mientras Suzanne se iba al dormitorio.

Tazia, la recepcionista, le dedicó una sonrisa de disculpa.

—Acabamos de saber que la excursión de mañana para ver las estrellas se ha cancelado porque hay prevista una gran tormenta de arena. Puedo devolverte el dinero.

—¡Oh, no! —Maggie suspiró. Le apetecía mucho aquella excursión.

—Lo siento —dijo Tazia, cuando le devolvía el

dinero–. Lo antes que puedo ofrecerte es el lunes, pero incluso eso dependería de que la tormenta terminara antes.

Maggie negó con la cabeza. Su vuelo salía el lunes por la mañana, así que aquello no le servía.

–¿Y esta noche? –preguntó, aunque estaba muy cansada.

–Está lleno. He probado con dos operadores más, pero con lo impredecible del tiempo, la mayoría ya no salen con turistas esta noche.

Era una gran decepción y Maggie se arrepintió de no haber optado antes por hacer la excursión esa noche, pero había querido hacerla sola y no con Suzanne.

–Gracias de todos modos –dijo–. Si hay alguna cancelación, avísame, por favor.

–Yo no contaría con ello –repuso Tazia–. Estás la décima en la lista de espera.

Simplemente, no estaba destinado a ocurrir.

Maggie fue al dormitorio a buscar su bolsa de aseo antes de ir a las duchas.

–¿Qué quería Tazia? –preguntó Suzanne.

–El viaje de mañana al desierto se ha cancelado –Maggie suspiró–. Voy a ducharme.

–Mientras lo haces, ¿me prestas tu teléfono? Solo quiero mandarle un mensaje a Glen.

El teléfono de Suzanne se había mojado y llevaba unos días usando el de Maggie.

–De acuerdo –dijo esta.

La ducha no era ningún lujo, pero después de un año en hostales, Maggie estaba más que acostumbrada. El agua era fría y refrescante, así que se quedó un rato debajo del chorro, lavándose la enorme cantidad de crema para el sol que se había puesto porque tenía la piel muy blanca. Luego se masajeó acondicionador en los largos rizos pelirrojos y pensó en lo que había ocurrido ese día.

Era muy consciente de que, en el terreno sexual, andaba años luz por detrás de sus amistades.

No era por falta de oportunidades. En el café en el que trabajaba antes había muchos clientes que querían salir con ella. Maggie aceptaba una cita de vez en cuando, pero siempre con el mismo resultado. La suma total de su repertorio sexual eran unos cuantos besos incómodos.

Aun así, aunque no hubiera habido atracción, había sido interesante hablar con Hazin. A pesar de su atractivo y sus privilegios, parecía un hombre pragmático. Normalmente, cuando le decía a alguien que no tenía familia, se mostraban compasivos con ella. Hazin había sonreído y le había dicho que tenía suerte, para luego seguirle hablando de sus padres y de la frialdad con la que los habían criado a su hermano Ilyas y a él.

Maggie le había preguntado si estaba muy unido a su hermano y Hazin le había contestado que nadie podía estar unido a Ilyas.

Sí, había sido interesante, y ahora estaba deseando escribirle a Flo y contárselo todo. Cerró el grifo y tomó la toalla.

Por suerte, la crema solar había hecho su trabajo y solo tenía un poco rosas los hombros. Lo demás estaba tan blanco y pecoso como siempre.

Era incapaz de broncearse y hacía mucho que

había dejado de intentarlo. De hecho, parecía que acabara de salir de un invierno inglés y no de un verano en Oriente Medio.

Se puso un pantalón claro de yoga y una camiseta de manga larga. Aunque los días eran calientes en el desierto, las noches eran frías. Cuando volvió al dormitorio, vio que Suzanne hacía la maleta.

—¿Te preparas para esta noche? —preguntó Maggie.

—No. Ha habido un cambio de planes. Me voy a reunir con Glen en Dubai.

—¡Oh! ¿Esta noche?

—Tengo que recoger el billete en el aeropuerto.

—¡Caray! Bien, supongo que nos despedimos aquí, pues.

Suzanne asintió con una sonrisa.

—Ha sido agradable pasar tiempo contigo.

—Estoy de acuerdo —repuso Maggie con cortesía. Ninguna de las dos ofreció seguir en contacto.

Maggie estaba habituada a las despedidas. Recordaba todavía una en la que había ido corriendo a casa desde su nuevo colegio para ver a su nuevo cachorro y en la casa se había encontrado con la trabajadora social, que le había dicho que era hora de volver a lo de siempre.

Maggie no olvidaría jamás los ojos azules fríos de Diane cuando había pedido ver al cachorro.

—¿Puedo despedirme de Patch? —había preguntado.

—Patch no está aquí —había contestado la trabajadora social.

Maggie no había llorado cuando cargaban sus

bolsas en el coche de la trabajadora social ni tampoco al salir de aquella casa.

Las lágrimas no ayudaban. Si lo hicieran, su madre seguiría todavía viva.

Sí, estaba acostumbrada a las despedidas y la de Suzanne además era un alivio.

—¡Eh! —dijo esta de pronto. Abrió su billetero—. Puedes usar tú esto.

Maggie miró el billete para la excursión de aquella noche.

—¿Estás segura?

—Yo no lo voy a usar. Pensaba dejarlo en Recepción y que me devolvieran el dinero...

—No lo hagas —Maggie le tendió el dinero que le había dado Tazia—. Estoy muy abajo en la lista de espera.

—Entonces tendrás que usar mi nombre. Pagué también por montar un camello —Suzanne sonrió—. Date prisa, el autobús sale a las ocho.

Maggie tenía el tiempo justo de hacerse una coleta con el pelo y empaquetar una bolsa pequeña para esa noche.

—Me marcho —dijo Suzanne.

—Buen viaje.

—Lo mismo digo. Y no olvides que por esta noche eres Suzanne.

Capítulo 2

EL PRÍNCIPE heredero, el jeque Ilyas de Zay-rinia, había nacido para ser rey.

Y eso era todo.

Sus padres no habían tenido ningún deseo de ser padres y no habían extraído ningún placer de su hijo.

Habían tenido el heredero que necesitaba el país y después habían tenido otro de repuesto por si acaso.

Ilyas los había visto muy poco fuera de los actos oficiales y se había criado en una zona alejada de ellos en el enorme palacio. Había tenido niñeras que lo alimentaban y aseaban y ancianos que le daban clases.

Había sido una vida ajetreada y totalmente desprovista de afecto.

Cuando tenía cuatro años, había nacido Hazin, desplazando así al tío al que odiaba su padre al tercer puesto en la línea de sucesión. Dos meses después, Ilyas había aparecido en el balcón real al lado de sus padres, y solo entonces se había dado cuenta de que el bebé que su madre tenía en brazos era su hermano. Había girado la cabeza para verlo, pero le habían dicho que mirara al frente.

—¿Puedo verlo? —había preguntado a su madre, la reina, cuando salían del balcón.

Pero su madre había negado con la cabeza.

—Hazin tiene que ir a alimentarse —le había dicho, antes de pasarle el bebé a una nodriza—, y tú tienes que asistir a tus clases, aunque el rey Ahmed quiere hablar antes contigo.

Lo habían llevado ante su padre, quien se hallaba hablando con Mahmoud, su visir.

—Bien hecho, Alteza —había dicho Mahmoud, pues se había congregado una gran multitud fuera del palacio para saludar al nuevo príncipe.

El rey, en cambio, se había mostrado menos impresionado con el comportamiento de Ilyas en el balcón.

—En el futuro no te muestres tan inquieto —le había dicho.

—Solo quería ver cómo es mi hermano.

—Es solo un bebé —había contestado el rey—. Recuerda, en el futuro mira siempre al frente pase lo que pase a tu alrededor.

Los hermanos habían estado casi siempre separados. Habían considerado que Ilyas estaba demasiado avanzado en sus estudios para verse retrasado. Hazin, que no era más que un suplente, había terminado en un colegio de Inglaterra.

Era Ilyas el que había nacido para ser rey.

En sus primeras dos décadas había absorbido las enseñanzas y la sabiduría de sus mayores y todo el mundo asumía que estaba de acuerdo con ellos porque cumplía bien con sus deberes.

Sus padres creían que la disciplina estricta de su

educación había funcionado bien, pero aquello no era obediencia filial. No entendían que era el propio Ilyas quien era disciplinado, que él había elegido cumplir sus reglas.

Por el momento.

Cuando cumplió veintidós años, la tragedia golpeó el palacio. Su padre y consejero había decidido que una boda real animaría a los habitantes del país y que era hora de que Ilyas se casara. Habían convocado una reunión para informarle de su decisión.

Pero Ilyas se había mostrado en desacuerdo.

—No hay necesidad de que me case todavía.

El rey Ahmed había fruncido el ceño, asumiendo que Ilyas había entendido mal, pues el rey estaba acostumbrado a que se cumplieran sus exigencias.

Pero Ilyas se había mantenido firme en el asunto del matrimonio.

Había aceptado el consejo de su padre de mirar hacia el futuro y tenía muchos planes, pero no había nadie con quien pudiera arriesgarse a compartir esos planes.

Nadie.

El matrimonio no era algo que quisiera considerar en aquel momento, por lo que había declinado la sugerencia de su padre. El rey había insistido.

—Una boda, seguida de un heredero, complacería a nuestra gente.

—La gente llorará cuando llegue el momento —había contestado Ilyas—. Me casaré cuando sea el momento oportuno, no cuando lo decidas tú.

En ese momento había mirado a Mahmoud,

quien había palidecido al oír aquel desafío a la autoridad absoluta del rey.

—He dicho que quiero que te cases —había gritado este.

—El matrimonio es un compromiso de por vida y no estoy dispuesto a hacerlo ahora. De momento me basta con el harén —Ilyas había vuelto a mirar a Mahmoud y había seguido adelante con la reunión—. Siguiente punto.

Ilyas era estricto pero justo, equilibrado más que frío, y la gente de Zayrinia lo adoraba y anhelaba en silencio que llegara el día en que sería rey.

A medida que se deterioraba la salud del rey, el poder de Ilyas aumentaba, aunque no lo bastante para su gusto. Pero aquel viernes en particular, cuando Mahmoud anunció que una nueva crisis amenazaba al palacio, fue Ilyas el que asumió el control.

—Ya hemos lidiado con ella —informó con calma a su padre, aunque el tono ámbar de sus ojos color avellana brillaba de irritación. ¿Por qué demonios había hablado de la última indiscreción de su hermano menor delante del rey?

—¿Pero qué clase de fiesta era? —preguntó el monarca.

—Era solo una reunión —repuso Ilyas con suavidad—. Tú mismo dijiste que querías que Hazin viniera a casa más a menudo.

—Sí, pero para cumplir con sus deberes reales —contestó el rey. Miró a su ayudante—. ¿Qué tipo de fiesta dio en su yate?

Ilyas podía adivinar perfectamente el tipo de reunión depravada que había tenido lugar.

Su hermano era famoso por ellas.

Casi.

El palacio tenía trabajo para ocultar los escándalos que Hazin dejaba tras de sí y el rey había decidido que ya estaba harto. El rey Ahmed al-Razim estaba más que dispuesto a desheredar a su hijo menor y privarlo de sus privilegios y del título.

Muchos dirían que Hazin se lo merecía.

Pero Ilyas no se dejaba influir por los demás. Ni siquiera por su padre.

–Lo hablé con Hazin antes de que se fuera –dijo–. Me aseguró que solo fue una salida de un día con amigos antes de regresar a Londres.

–¿Y le recordaste que, si hay un asomo de escándalo más, ya no podrá usar el apartamento de Londres? ¿Le dijiste que cancelaré sus cuentas y no tendrá acceso a los yates ni a los aviones privados de la familia?

–Sí, se lo dije.

–Quizá si tuviera que trabajar para vivir, gastaría el dinero con más sabiduría.

–Hazin es rico por derecho propio –recordó Ilyas a su padre.

–Pocos son lo bastante ricos para mantener sus hábitos –gruñó el rey–. Más vale que se enmiende, Ilyas.

El rey salió del despacho. Mahmoud habló con preocupación.

–Su padre tiene que saber que están chantajeando al palacio para no hacer públicos secretos de Hazin.

Si esto se sabe, será un desastre –insistió–. Hazin ha tenido ya demasiadas oportunidades.

–He dicho que yo me encargaré de eso –le advirtió Ilyas.

–¡El rey Ahmed tiene que saberlo! Hay que pagar a esas personas. He sido su consejero durante casi medio siglo...

–Pues ya debe de ser hora de jubilarse –lo interrumpió Ilyas, y Mahmoud resopló de indignación–. El palacio no debe ceder a la amenazas de nadie –se encogió de hombros–. No creo que exista un vídeo sexual.

–Yo no estoy tan seguro –repuso Mahmoud–. Si no pagamos antes del mediodía del lunes, harán público el vídeo. La mujer ha vuelto a ponerse en contacto.

Ilyas leyó los mensajes que llevaban una semana llegando al servidor privado, pero las exigencias eran más específicas ahora, establecían la suma de dinero que querían y dónde y cuándo había que depositarlo para impedir la publicación del vídeo.

–Es muy atrevida –dijo Mahmoud.

Ilyas no estaba de acuerdo con eso.

–No –contestó–. Si la tal Suzanne cree que puede chantajearme, es una estúpida.

Examinó las fotos adjuntas al mensaje y supo enseguida que se habían tomado a bordo del yate de su hermano.

Una pelirroja espléndida de grandes ojos verdes y piel pálida de aspecto delicado había sido fotografiada con un bikini verde sauce.

Había otra foto, granulosa, como si la hubieran

sacado desde lejos con zoom, que la mostraba tumbada en una cama cuando Hazin entraba en lo que Ilyas sabía que era el camarote real.

El mensaje advertía de que las imágenes más explícitas sacadas dentro del camarote serían perturbadoras, pero Ilyas no lo creía.

—Si hubieran tenido más, las habrían enviado.

—Tienen más —repuso Mahmoud.

Ilyas pasó a la siguiente foto, en la que aparecía su hermano de frente, en una postura muy poco majestuosa.

Hazin estaba completamente desnudo, aunque para ser justos, Ilyas veía que se estaba aclarando, presumiblemente después de haber nadado.

—Esto no es nada que nuestro sufrido público no haya visto ya. En internet circulan incontables fotos de Hazin desnudo. No es nada.

En realidad, era mucho. Hazin se parecía a su hermano en ese aspecto y eso quedaba patente en la foto.

Pero había otro tema.

—Esta foto se hizo en aguas de Zayrinia —señaló Mahmoud—. Hasta se puede ver el palacio en la distancia. El rey prometió a su pueblo que no habría más escándalos de Hazin.

En ese caso, el tonto era su padre.

Hazin e Ilyas podían ser parecidos en ciertos temas, pero eran de naturalezas muy distintas. Ilyas simplemente no lidiaba con sentimientos y los encontraba tan raramente que, cuando eso ocurría, tenían poca influencia sobre sus decisiones. Era un hombre muy lógico y concentrado, mientras que su hermano optaba por llevar la vida de un playboy.

Y, sin embargo, Ilyas estaba seguro de que, después de la advertencia que le había hecho antes de su visita, Hazin, en esa ocasión, no se habría portado mal tan cerca de casa.

En aquel momento iba camino de Londres en un avión privado y desconocía los últimos sucesos.

—No haga nada —dijo Ilyas a Mahmoud—. Si hay algún contacto más, quiero que me informen a mí, no a mi padre.

Notó que el visir seguía todavía con dudas sobre si debía informar o no al rey. Ilyas revisó de nuevo las fotos. A pesar de sus palabras, solo la imagen en la que aparecía desnudo podía hacer mucho daño. La gente tendía a olvidar las transgresiones de Hazin en el extranjero, pero no serían tan magnánimos si les llevaba el escándalo a casa.

Luego miró a la mujer. No sabía si sería la tal Suzanne o era solo el cebo con el que habían tentado a Hazin.

Entendía perfectamente que su hermano hubiera picado.

Ella era espectacular.

El viento echaba hacia atrás su cabello pelirrojo, largo y ondulado, y su cuerpo no era como los cuerpos de las mujeres que acudían a menudo a ese tipo de fiestas.

Era increíblemente blanca, con pecas en los brazos y muslos. Su cuerpo era esbelto y sus curvas sutiles y muy femeninas. Sus labios eran gruesos y en la foto estaban entreabiertos en una sonrisa.

Sin embargo, la sonrisa no le llegaba a los ojos e Ilyas estaba seguro de que era falsa.

Sí, ella era el asesino sonriente.

—No haga nada sin instrucciones mías —repitió Ilyas—. Y contácteme si es necesario. Ahora voy al *hammam*.

—Alteza —Mahmoud asintió y le hizo una inclinación de cabeza antes de que saliera.

El palacio era exquisito.

El gigantesco edificio de mármol parecía, desde fuera, estar asentado sobre un largo cañón rojo, al borde del Golfo Pérsico. Miraba desde arriba la ciudad que hervía de actividad, excepto por el lado oeste, que daba al desierto.

El palacio era una auténtica obra de arte y había sido construido alrededor de un oasis natural que seguía existiendo todavía. Era vasto y contenía muchas residencias, así como zonas para funciones formales y espacios para la oración.

Pero guardaba más secretos, pues no estaba simplemente asentado sobre un acantilado, sino que había sido tallado desde dentro.

Los túneles que había debajo del edifico estaban decorados con dibujos antiguos y mosaicos detallados. Ilyas descendió primero los escalones tallados en mármol, que pronto dieron paso a otros tallados en los cimientos.

Allí el aire era más fresco. Ilyas caminó por su túnel privado, donde cirios gigantes iluminaban el camino. El sonido del agua cayendo en la distancia le hacía confiar en que no tardara en desaparecer la preocupación que le roía las entrañas.

El *hammam* era divino, y algunas zonas resultaban accesibles por distintos caminos, pero pocos podían aventurarse donde estaba Ilyas en ese momento.

Era un mundo que pocos sabían que existía.

La pieza central era una cueva con una cascada y el torrente continuo ofrecía un fondo audiovisual espectacular. Había varios estanques y cataratas más pequeñas, que caían en estanques más grandes debajo del *hammam*. Cuando la luz era apropiada, la entrada a una de las cuevas estanque emitía un brillo rojo profundo por los rubíes del subsuelo. Por el día entraban rayos de sol que creaban una catedral natural, de noche eran las estrellas y la luna las que bañaban el agua con su luz. En verdad era un refugio digno de reyes.

Ilyas se quitó la bata y se hundió en un estanque profundo. Pero la tensión seguía presente en él cuando salió a la superficie.

A pesar de su aparente calma delante de Mahmoud, estaba muy preocupado.

Sabía que parecía tan frío e indiferente como su padre, pero él no estaba cortado del mismo patrón.

No quería que desheredaran a Hazin, pero sabía que ese día se acercaba. A pesar de sus esfuerzos, daba la impresión de que nada conseguiría cambiar eso.

No había nada que pudiera hacer excepto estar vigilante, pero por el momento sí podía intentar relajarse.

Era muy raro que dispusiera de un fin de semana completo para hacer lo que le apeteciera.

Normalmente tenía varios compromisos que atender y a menudo viajaba al extranjero, tanto para forjar nuevas relaciones como para intentar reparar las que había estropeado el reinado de su padre.

Llamó a una de las masajistas y se acercó a la mesa grande de mármol que había en el centro de la zona donde se tumbó boca abajo para que le frotaran la piel con sal.

Pronto se levantaría y se aclararía bajo la cascada. Miró el desierto desde aquel punto de vista privilegiado. Pocos sabían que existía, pero allí había una vista sin interrupciones de la arena del desierto y el cielo.

Más tarde llamaría a una mujer del harén.

Su padre seguía presionándolo regularmente para que eligiera esposa, pero Ilyas se negaba.

¿Y quién podía culparlo?

A lo largo de uno de los túneles podía oír las risas distantes del harén y encima de él había un cordón de terciopelo del que podía tirar cuando quisiera. Tumbado allí, con la cabeza en el antebrazo y pensando en sexo, recordó a la mujer de la foto que le había mostrado Mahmoud.

Manos expertas trabajaban la parte inferior de su espalda, pero no fue la habilidad de la masajista lo que hizo que Ilyas cambiara de postura en la losa fría de mármol.

Lo que lo excitó fue pensar en la mujer con una llamarada de pelo rojizo y piel pálida y pecosa.

—Alteza —el sonido de la voz de Mahmoud no fue nada bienvenido—. Pido disculpas por molestarle.

—¿Qué pasa ahora? —preguntó Ilyas, con rabia.

—La mujer de la foto. He descubierto que sigue

en el país. Al parecer, esta noche ha contratado una excursión.

—Entonces es cierto que es estúpida –gruñó Ilyas. Pues nadie con sentido común permanecería en un país al que había amenazado de un modo tan explícito.

—Hemos rastreado su teléfono y parece que asistirá a la excursión de mirar las estrellas.

—Esta noche habrá pocas estrellas puesto que se espera un *simoom* –no lo esperaban hasta el día siguiente, pero el rojo del cielo era ya un presagio–. Esta noche no debería haber turistas en el desierto.

—La excursión ha salido. Ella está ahí fuera, Alteza –dijo Mahmoud, y señaló el desierto.

Ilyas sabía que algunos operadores turísticos hacían caso omiso de los avisos. Era un problema recurrente, pero no era el que le preocupaba en aquel momento.

—Tráigamela.

—¿Aquí? –Mahmoud parecía sorprendido–. Si el rey se entera...

—Aquí no –lo interrumpió Ilyas–. Haga que la lleven a la casa del desierto. Hablaré con ella allí.

—Puede quedar aislado por la tormenta.

Ilyas estaba acostumbrado a los trucos del desierto y siempre disfrutaba de su estancia allí. Buscaba en él fuerza y sabiduría y la idea de quedarse aislado no le preocupaba lo más mínimo.

—Quizá esa tal Suzanne debería haber considerado eso antes de lanzar sus amenazas –dijo.

Despidió a Mahmoud con un gesto, se levantó

de la mesa de mármol y se acercó a aclararse a la cascada.

Se ocuparía de aquella mujer imposible y después elegiría a una del harén.

Capítulo 3

MAGGIE no quería admitirlo ni siquiera para sí misma, pero después del esfuerzo para llegar allí, la excursión para ver las estrellas no era lo que había esperado.

A diferencia de todo lo demás que había vivido en Zayrinia, el viaje al desierto había demostrado ser una auténtica *turistada*.

En realidad, el viaje a «lo profundo del desierto» había durado menos de una hora, y eso contando el tiempo que habían tardado en montar y desmontar de los camellos.

—A petición de los beduinos, nos han prohibido ir más lejos —explicó uno de los guías.

Una pareja protestó, pero el guía explicó que no había nada que pudieran hacer.

—Hemos solicitado que cambien la ley —dijo—. La decisión final depende del rey.

Después de hacer cola para que les sirvieran la cena, el grupo se había sentado en alfombrillas al lado de una hoguera enorme y habían visto bailarinas del vientre al atardecer.

Pero a medida que se apagaba el sol, se iba apagando también la esperanza de ver estrellas. El cielo estaba nublado y la visibilidad era muy pobre debido a la tormenta de arena que se formaba por el este.

Aunque también era bastante espectacular.

La arena y el polvo que transportaba el viento volvían escarlata la luna nueva y Maggie observaba admirada cómo se escondía detrás de las nubes para volver a salir después.

Las historias alrededor de la hoguera eran también interesantes y el guía las contaba gesticulando de un modo muy expresivo.

–Debajo del palacio hay un río donde todavía hoy en día el agua fluye roja. Marca el punto en el que un joven príncipe, al que le negaron casarse con su amada, murió de corazón roto. Desde entonces –dijo el guía–, el heredero de la corona no corteja. El amor es para los simples mortales. Un rey tiene que pensar solo con la cabeza.

–¿El agua de verdad se vuelve roja? –preguntó una mujer sentada al lado de Maggie.

Pero el guía había pasado ya a otra historia.

–El palacio está construido sobre las ruinas de lo que antes era un harén –explicó–. Las concubinas descansaban y disfrutaban de banquetes hasta que las llamaban con una campana. Eran tiempos salvajes y decadentes, pero eso se consideraba más seguro que dejar a un príncipe viril suelto por el país jugándose su corazón. Se dice que el viento que se oye por la noche es en realidad el sonido del libertinaje acontecido a lo largo de mucho tiempo...

Y el viento empezaba a soplar con fuerza.

Las historias se acabaron y los guías se reunieron a conferenciar. Maggie adivinó que estaban decidiendo si debían suspender la excursión. Pero entonces la irritante pareja de antes señaló que, si las condiciones climatológicas eran adversas, tenían que devolverles la totalidad del dinero.

La excursión continuaba.

Les mostraron los lugares donde iban a dormir, pero Maggie siguió al lado del fuego. Más allá había un cañón enorme y encima de él, la silueta del palacio. Pensó en los viejos tiempos y en las historias de reyes ya muertos a los que les daban todo menos amor.

Decidió que, incluso sin estrellas, Zayrinia era un lugar muy hermoso.

—¡Suzanne!

Maggie solo se volvió la tercera vez que oyó ese nombre, y solo por la impaciencia del tono, pero entonces se dio cuenta de que la llamaban a ella.

Sí, por esa noche, ella era Suzanne.

El organizador le hizo señas de que se acercara y señaló la zona que sería el hogar de Maggie hasta el amanecer.

Era una zona pequeña, debajo de una lona, con un colchón sencillo donde podía tumbarse y seguir viendo el cielo nocturno o, como le aconsejaron, podía echar el toldo.

Maggie asintió y dio las gracias al hombre. Dejó de momento el toldo abierto, se quitó los zapatos y se tumbó para pasar la noche.

En el cielo no había ni una estrella.

A su izquierda, la pareja que había protestado

por todo se quejaba ahora de la dureza del colchón, y a su derecha había un hombre roncando.

Zayrinia se había convertido en el lugar favorito de todos los que había visto aquel año. Se había sentido atraída al instante por ese país.

Eso en sí mismo era ya raro en Maggie.

Había aprendido a no apegarse a la gente ni a los lugares, pero Zayrinia tenía algo que la embrujaba.

Aunque no había estrellas que ver, las nubes se movían con mucha rapidez y pronto los sonidos de sus compañeros turistas quedaron ahogados por los gritos del viento que silbaba entre cañones lejanos.

Había sido un año increíble. Un año en el que Maggie no se habría embarcado de no haber sido por su madre.

La amenaza de llanto se debía a la misma razón por la que estaba allí.

Echaba mucho de menos a su madre.

Erin Delaney se había quedado embarazada cuando acababa de cumplir diecisiete años y Maggie nunca había conocido a su padre.

Aunque Erin había sido una madre soltera adolescente, había dado una infancia feliz a su hija.

Todavía, cuando Maggie se sentía sola o asustada, recordaba aquellos tiempos inocentes y felices.

Ahora, tumbada en el desierto, recordó un día que volvían de la panadería y las había sorprendido la lluvia. Se habían refugiado debajo de los toldos de una tienda que era, aunque Maggie no se había dado cuenta entonces, una agencia de viajes.

–Tienes que ver el mundo, Maggie –le había dicho su madre, mirando las dos un mapa enorme que había en el escaparate.

–Me gusta esto.

–Ya lo sé, pero hay un mundo entero fuera de Londres. Yo quería viajar y verlo por mí misma...

–Pero me tuviste a mí.

–Eres el mejor error que he cometido –Erin sonrió–. Pero en serio, tienes que ver el mundo. Estoy ahorrando y el año próximo iremos a París.

Pero no habían llegado a ir.

Después de una batalla corta y dura contra el cáncer, Erin había muerto. Tenía poco dinero, pero había dejado una pequeña suma para que la heredara Maggie al cumplir los veintiuno, y junto con el dinero había una carta en la que Erin le decía que la quería muchísimo, que esperaba que pensara en abrir sus alas y ver aquel mundo maravilloso que ella no había podido ver.

El dinero llegaba para cubrir los vuelos, pero Maggie había tardado dos años en ahorrar lo suficiente para ponerse en marcha.

Había ido en tren a París y desde allí había recorrido Europa antes de dirigirse a América y luego a Asia y a Australia para después volver a casa a través de Oriente Medio.

Y ahora, en la recta final de su viaje, Zayrinia le había conquistado el corazón.

El lunes volvería a Londres y una semana después estaría trabajando de nuevo en el café.

Se esforzó por mantener los ojos abiertos, porque quería saborear cada momento. Pero había sido un día muy largo y había pasado mucho tiempo al sol y pronto se le cerraron.

Al principio pensó que el murmullo de la tienda se debía al viento, pero luego sintió una mano en el hombro. Por un segundo pensó que era el guía que le decía que se despertara, pero entonces la mano la agarró con brusquedad y, antes de que pudiera gritar, otra mano le tapó la boca.

Todo sucedió muy deprisa. Un momento estaba dormida y al siguiente la sacaban a rastras de la tienda y tiraban de ella por la arena.

Se debatió y dio patadas, pero había más de una persona y el viento era su enemigo, pues ahogaba los sonidos de su lucha. Olía a olor corporal y sentía tela burda contra las mejillas. Pero le sujetaban los brazos y muslos con fuerza.

Tardaron menos de un minuto en cargarla en un vehículo y Maggie luchó cada segundo de ese tiempo, aunque sin resultado.

—¿Qué quieren? —preguntó, cuando le quitaron la mano de la boca. Pero no hubo respuesta.

Cuando se detuvo el vehículo, la arrastraron fuera. Maggie creía que había probado ya el miedo, pero lo anterior no fue nada comparado con el modo en que escocía la arena que azotaba sus mejillas y el viento la dejó sin aliento cuando gritó al ver las luces de un helicóptero.

—¡Rápido! ¡Rápido! —dijo un hombre.

—Por favor... —suplicó ella. No solo porque la estaban secuestrando, sino porque seguro que hacía demasiado viento para volar.

Nada de lo que decía o hacía suponía ninguna diferencia. Sabía que estaba en minoría y sabía también, de algún modo, que era mejor reservar su energía que luchar.

Y, sin embargo, se negaba a luchar.

«Ten cuidado con lo que deseas».

Unas horas atrás, había protestado por no entrar más en el desierto y ahora miraba cómo se extendía bajo ella como un océano interminable.

No era la primera vez que a Maggie la arrancaban de la cama.

Los recuerdos se agolpaban en su mente e intentó reprimirlos, pero, como se hicieron más fuertes, se rindió a ellos, pues había un consuelo extraño en recordar aquellos días.

Al examinar los recuerdos de la infancia con ojos de adulta, descubría que conseguía encontrarles más sentido en ese momento que cuando los había vivido.

Los recuerdos se sucedían con rapidez. La luz repentina y su dormitorio lleno de desconocidos, que habían sido los primeros en llegar cuando había empeorado su madre.

Erin había llamado a una ambulancia y seguramente les habría dicho que había una niña dormida en el piso.

Entonces le había parecido una invasión que la sacaran de la cama y la llevaran en brazos hasta una ambulancia.

Había hecho el viaje aferrada a la mano de su madre y le había dicho una y otra vez que la quería. En el hospital la habían llevado a una habitación pequeña a esperar y había sido allí donde le habían dicho que su madre había muerto.

«Aquello era miedo», pensó Maggie para sí, mirando la noche oscura.

Con lo de ahora podía lidiar.

Y tenía que haber una explicación lógica. Simplemente no podía imaginar cuál podía ser.

–¿Qué quieren de mí? –preguntó a uno de los hombres. Pero este, o no la entendió o eligió no contestar.

El helicóptero daba vueltas en círculo y Maggie sentía que planeaban y después los elevaba en el cielo una racha de viento. Veía la tensión en los rostros de los hombres cuando el piloto aterrizaba en la tormenta.

Debajo de ellos había una especie de campamento. Una tienda larga blanca rodeada de una colección de otras más pequeñas. Y la arena se movía en olas debajo de ellos, no muy distinto a como lo hacía el mar. Por fin aterrizaron y Maggie suspiró aliviada.

La sacaron del helicóptero y una mano grande le empujó la cabeza hacia abajo mientras la arrastraban por la arena.

El aire era frío, la arena le escocía en las mejillas y luego la empujaron. ¿O simplemente tropezó?

Se incorporó de rodillas, anticipando que la iban a levantar y decidida a hacerlo por sí misma.

Tardó un momento en darse cuenta de que estaba sola.

El sonido del helicóptero, combinado con el aullido del viento, resultaba ensordecedor y se tapó los oídos con las manos. Luchaba con demasiados pensamientos y sensaciones para intentar pensar con claridad.

Los destellos de luz se elevaban el en aire, el helicóptero se marchaba de nuevo y Maggie se tapó los ojos al darse cuenta de que la habían dejado allí sola en la arena.

Los granos le azotaban las mejillas y hacían que le ardieran los ojos mientras intentaba ver lo que la rodeaba. Guiñando los ojos, consiguió ver la tienda blanca en la distancia.

Era gigantesca.

Más grande que las carpas de circo que había visto de niña.

Y en medio del terror, como le sucedía a menudo, apareció un recuerdo más feliz. Estaba sentada con su madre, comiendo un dulce pegajoso y riendo sin parar.

Entonces no había sabido lo preciosos que eran esos momentos. Le había parecido natural ser feliz. Ahora, sin embargo, era una luchadora y, si quería sobrevivir, no tenía más remedio que ir a buscar protección en la tienda.

¿O quizá no?

Dio la espalda a la tienda y consideró alejarse y obligarlos a ir en su busca.

Quienesquiera que fueran.

Tardó dos pasos en desechar esa idea. Era imposible que pudiera sobrevivir allí fuera sola.

El viento aullaba a su alrededor cuando echó a andar de mala gana hacia la tienda, pues era como caminar entre melaza.

Llegó a la entrada y apartó una lona pesada, temiendo lo que podría encontrar dentro. Ni por un segundo se le ocurrió que pudiera entrar en un lugar de lujo y belleza.

El interior de la tienda estaba suavemente iluminado y el sonido del viento sonó misericordiosamente apagado cuando dejó caer la lona detrás de ella. Captó música y olor a incienso y sintió un impulso irresistible de seguir el corredor que tenía delante.

Una alfombra gruesa había reemplazado a la arena y resultaba suave en sus pies descalzos. Las paredes estaban decoradas con una serie de campanillas que emitían un tintineo suave al pasar las manos por ellas.

Nadie salió a su encuentro.

Se adentró más por el pasillo y llegó a una entrada cubierta con un velo de tela fina. Pensó que debía de estar en el centro.

Nada tenía sentido, pues nunca en su vida había visto tanta belleza. El suelo estaba cubierto de alfombras y cojines. De las paredes colgaban tapices hermosos, entre los que bailaban luces de muchas lámparas. En el centro había una chimenea cerrada, cuyo conducto salía por el techo alto de la tienda. La única indicación de las terribles condiciones climatológicas del exterior era una suave ondulación del techo.

Maggie se acercó a una mesita baja que estaba cargada de frutas y refrescos. Había jarras elaboradas llenas hasta el borde y, a su lado, vasos enjoyados, pero aunque tenía sed, no bebió.

–Sírvase.

Aquella voz profunda la sobresaltó. No se movió ni miró a su alrededor. La voz era tan rica, que parecía surgir de todos los lados y no estaba segura de su dirección.

–No, gracias –dijo Maggie, y le sorprendió y agradó que no le temblara la voz.

–Dese la vuelta –dijo él–. ¿O no tiene valor para repetir sus exigencias cara a cara?

–¿Exigencias? –Maggie se volvió entonces, y se arrepintió en el acto. Estaba preparada para encontrarse con un monstruo, no con el hombre más hermoso que había visto en su vida.

Y ella no quería que eso fuera lo primero que pensaba de su captor.

Era más alto que la mayoría y llevaba ropas oscuras. En la cabeza llevaba un *kafeyah* negro atado con una cuerda trenzada. Su ropa era inmaculada, como si ni un grano de arena se atreviera a mancharlo.

Aunque iba sin afeitar, no parecía desaliñado, sino más bien todo lo contrario. Tenía un rostro cincelado y sus ojos eran de un color avellana intenso, pero fue su boca lo que atrajo la mirada de Maggie.

–¿Asumo que sabe por qué está aquí? –preguntó él, con un acento de buen colegio inglés.

Ella lo miró a los ojos sin parpadear. Se negaba a mostrar miedo.

Y se negaba a contestar.

Había decidido que no diría nada hasta que tuviera claro por qué estaba allí.

–¿De verdad creía que no habría repercusiones, Suzanne?

Y entonces ella olvidó su decisión de no hablar, porque empezaba a pensar que aquello era un malentendido. Carraspeó.

–No soy Suzanne.

Capítulo 4

SU REVELACIÓN no hizo que él se disculpara corriendo y, aunque Maggie dudaba de que aquel hombre se hubiera disculpado alguna vez en su vida, volvió a decir:

—Ha habido un malentendido. Yo no soy Suzanne.

—Claro que no —él se encogió de hombros—. No esperaba que usara su verdadero nombre.

—Pero sé quién es Suzanne —Maggie empezaba a ver cómo había ocurrido aquello. No sabía qué se proponía Suzanne ni qué quería aquel hombre de ella, pero entendía lo ocurrido esa noche—. He usado el billete de Suzanne para hacer la excursión del desierto. Fue un cambio de planes de última hora.

—¿Y dónde está ella ahora?

—No lo sé —Maggie optó por mostrarse evasiva en lugar de revelar que Suzanne había partido para Dubai—, pero sea lo que sea lo que ha hecho, no tiene nada que ver conmigo.

—Tiene mucho que ver con usted.

—No soy Suzanne —repitió ella—. Mi nombre es Maggie Delaney. Y no sé quién es usted.

Aquello pareció divertirle. El hombre sonrió y se acercó a ella.

Se acercó mucho.

Entró en su espacio y, cuando su mano avanzó hacia ella, Maggie se encogió. Él le sujetó la barbilla y la obligó a alzar la vista.

—Permítame presentarme. Soy el jeque Ilyas al-Razim.

Ella conocía ese nombre. Lo miró a los ojos y en los de él ya no quedaba ni rastro de la sonrisa. Solo había desprecio.

—Ahora lidiará directamente conmigo. He decidido cortarle la cabeza a la serpiente personalmente.

—No sé qué quiere de mí.

Él la soltó entonces y se acercó a una mesa baja y oscura, tomó una carpeta y se la tendió.

—¿Le gustó su visita al yate real? –preguntó.

Maggie tomó la carpeta con manos temblorosas y la abrió. Lo primero que vio fue una foto suya ataviada solo con un bikini.

—Hay más –dijo él.

Y era cierto. En otra estaba tumbada en una cama cuando Hazin entraba en el camarote.

Maggie se sintió enferma.

—Continúe –dijo él con calma.

La siguiente era una imagen del príncipe cuyo camarote ella había invadido sin darse cuenta. Hazin reía y estaba desnudo. Maggie apartó rápidamente la vista, pero entonces sus ojos se encontraron con los de Ilyas.

Y los ojos de Ilyas no eran amables.

—¿Cuál es su relación con mi hermano? –preguntó.

Aquel era, pues, el hermano mayor del que Hazin había hablado sin mucho afecto.

—Conteste. ¿Cuál es su relación con mi hermano?

—Ninguna.

—¿O sea que comparte a menudo la cama con hombres con los que no tiene ninguna relación?

—A menudo no.

—Cuando estas cintas sexuales salgan a la luz...

Ella se echó a reír.

Posiblemente fue el shock de estar atrapada en el desierto lo que le arrancó una risa nerviosa. O quizá la ironía de que ella, una virgen de veinticuatro años, fuera acusada de tomar parte en un escándalo salaz con un príncipe.

—¿Esto le resulta divertido? —preguntó él.

—Un poco. Bueno, lo encuentro extraño, aunque posiblemente sea una reacción nerviosa. Pero sí, la idea de que yo aparezca en un vídeo sexual es risible.

Él frunció el ceño y ella siguió hablando, deseosa de aclarar el error.

—Puedo asegurarle que no hay vídeos sexuales. Al menos donde salga yo.

Él no dijo nada.

—Tuve una insolación —explicó ella—. Solo fui a tumbarme allí.

—Se ha recuperado muy deprisa —musitó él—, teniendo en cuenta que estaba lo bastante bien para irse de excursión —entonces pareció cansarse de ella—. Hablaremos luego.

Dijo algo en árabe y entraron dos mujeres vestidas de negro.

—Vaya a ponerse presentable —dijo él.

—¿Presentable? —preguntó ella con incredulidad. Pero era consciente de que él había visto fotos suyas con muy poca ropa y quizá aquel era su motivo para llevarla allí—. Si cree ni por un momento que...

—Vaya a lavarse —la interrumpió Ilyas.

—Lo que tiene que hacer es darse cuenta de su error —repuso Maggie—. No puede tenerme aquí. Tengo que tomar un avión para casa el lunes.

—¿A qué hora?

—Por la mañana.

—¡Qué conveniente! —dijo él—. Cuando los vídeos se van a hacer públicos a mediodía —movió la cabeza—. Usted no irá a ninguna parte todavía, pero hablaremos más tarde. Faltan un par de horas para que amanezca y tiene que dormir algo. Prefiero que hablemos cuando esté descansada. Me preocupa que se ría de algo tan serio. ¿Quizá la insolación que ha mencionado?

—No tuve una insolación —admitió ella por fin.

—Lo sé.

—Creo que me echaron algo en la bebida.

Él no contestó.

—Y no estoy cansada —siguió Maggie—. Nada cansada.

—Pero ha sido un día muy largo —comentó él—. Primero en el yate, entreteniendo a mi hermano, y después la excursión para ver las estrellas...

Sus palabras estaban impregnadas de sarcasmo, pero Maggie no se inmutó.

—Ha olvidado añadir ser secuestrada —dijo.

Él no sonrió. Ilyas no sonreía casi nunca.

–¿Qué esperaba que ocurriera? –preguntó–. Chantajea a la casa de al-Razim, ¿y creía que nos limitaríamos a darle el dinero?

–No sé de qué me habla.

Él miró las fotos que ella tenía en las manos.

–¿Cuánto tiempo estuvo a solas con él?

–Un par de horas.

Ilyas sabía que ella mentía. Conocía la reputación de Hazin y entendía lo fácil que era tenderle una trampa. De hecho, él le había advertido más de una vez que tuviera cuidado.

Aceptaba, sin embargo, que aquella Maggie podía ser inocente hasta cierto punto y quizá no había sabido que era todo una trampa.

–Cuando se acostó con mi hermano...

–Ya se lo he dicho –lo interrumpió ella–. No pasó nada.

–¡Oh, por favor! ¿Y qué hizo durante horas en el camarote con mi hermano?

–Estuvimos hablando.

Él soltó una risita burlona.

–No sabía que mi hermano fuera tan buen conversador. Dígame, ¿de qué hablaron?

Maggie no contestó. Había sido una conversación privada. Le había dicho a Hazin que estaba triste, él le había preguntado por qué y ella le había dicho que era el aniversario de la muerte de su madre. La conversación había partido de ahí.

–Yo no he hecho nada –dijo, en vez de contestar.

–Usted está involucrada en un intento por arruinar a mi hermano –él movió una mano en el aire–. Llévensela –dijo a las doncellas.

Estas condujeron a Maggie a una zona donde había un recipiente grande lleno de agua. Allí las doncellas le quitaron las fotos de las manos y se dispusieron a desnudarla.

–¡Déjenme! –gritó ella.

Pero las doncellas insistieron, así que volvió a gritar y luchó con ellas.

Ilyas oyó el miedo en su voz y cerró los ojos. Su intención había sido que las doncellas la auxiliaran, pero, al parecer, ella no lo entendía así.

–¡Déjenme en paz! –gritó Maggie.

Oyó que la voz de él gritaba algo y las mujeres se apartaron con aire preocupado. Una de ellas dijo algo y señaló una cortina antes de salir.

Una vez sola, Maggie intentó controlarse y silenciar su terror. Cuando apartó la cortina, vio que allí había una zona de dormir iluminada con faroles.

Era mucho más lujosa que la cama de la que la habían arrancado.

Mucho más lujosa que ninguna cama de las que había dormido en su vida.

Sobre el lecho había un camisón de muselina, con el que seguramente esperaban que durmiera.

Había un espejo enorme contra una de las paredes y Maggie se miró allí.

Su pelo y ropa estaban llenos de arena y entendió por qué las doncellas y el jeque habían decidido que necesitaba un baño y un cambio de ropa.

Suspiró. ¿Qué tendría que ver Suzanne con todo aquello?

Pensó en las muchas veces que le había prestado su teléfono y en el espejo vio el terror en sus ojos cuando empezó a entender la situación. Luchó por conservar la calma.

Sacó el teléfono, pero no consiguió conectarlo. Estaba tan cubierto de arena como ella.

Maggie sabía que estaba en un lío muy gordo.

Necesitaba tiempo para pensar.

Los ojos le escocían por la arena y sentía la boca terriblemente seca, pero ignoró la jarra y el vaso que había al lado de la cama.

Estaba segura de que en el yate le habían echado algo en la bebida y no tenía la menor intención de arriesgarse a eso otra vez.

Volvió a la zona de baño y, más para calmarse que por ninguna otra cosa, se metió en la bañera e intentó pensar lo que podía hacer.

Hablar con él.

Pero primero tenía que calmarse y después explicarle racionalmente lo que seguramente había pasado. Y lo que no había pasado.

Tardó siglos en quitarse la arena del pelo y empezó a entender lo bien que le habría servido la ayuda de las doncellas cuando intentó echarse una pesada jarra de agua encima para aclararse.

Tenía mucha sed, pero le habían advertido tantas veces en contra del agua, que decidió no arriesgarse con la del baño. Se envolvió en una toalla grande, entró en la zona de dormir y se puso el camisón. Le castañeteaban los dientes, pero no por la noche fría del desierto, porque dentro de la tienda no hacía frío. Se subió a la cama y sintió que su cuerpo se hundía. Yació en silencio, mirando el techo ondulante. Sentía los ojos pesados por la falta de sueño.

Se dijo que por la mañana la echarían en falta e irían en su busca.

Pero también le habían dicho que no se aventuraban a entrar más en el desierto sin el permiso del rey.

Y ella estaba atrapada con su hijo mayor.

¿La echaría alguien de menos? Seguramente no.

Y si la echaban, buscarían a Suzanne.

Paul asumiría que no iba a volver a trabajar después de todo. ¿Contactaría con las autoridades si ella no se presentaba en una semana?

Estaba su buena amiga Flo, pero no estaban siempre en contacto. Si no tenía noticias, quizá asumiría que Maggie había ampliado las vacaciones.

Podían pasar semanas hasta que alguien se diera cuenta de que había desaparecido.

El sonido de campanillas hizo que se incorporara en la cama y entraron las doncellas con una bandeja.

—No —dijo Maggie, que no quería que le sirvieran refrescos.

Y ellas se retiraron entre los sonidos de campanillas.

Maggie se levantó a asomarse fuera y vio que en el pasillo había también tiras de campanillas que seguramente las mujeres tocaban con las manos para indicar que se acercaban.

Satisfecha con aquel conocimiento nuevo, tomó las fotos que había dejado en la zona del baño y volvió a la cama para examinarlas.

La de Hazin no.

La puso boca abajo en el suelo y miró las otras. De pronto se dio cuenta de que no estaba sola.

Alzó la vista y lo vio allí de pie, con la bandeja que ella había rechazado.

—¿Qué ha pasado con las campanillas? —preguntó ella a modo de saludo.

—Yo no tengo que usarlas —repuso él—. Pero lo haré en el futuro —añadió.

—Confío en que no haya razón para que vuelva a venir aquí —repuso ella, aunque se sintió inmediatamente culpable por su tono porque él había sido amable.

Entendía ya que las doncellas solo había intentado ayudar y que él había tenido razón al sugerir que necesitaba descansar.

Pero no se merecía que disminuyera su enfado así que lo miró de hito en hito.

A Ilyas ella le resultaba una mezcla curiosa. Resignada, pero desafiante. Aceptaba su situación, pero protestaba por ella.

—Tienes que comer —dijo él.

—No, no tengo —respondió Maggie. Se tumbó y habló con los ojos cerrados—. Un humano puede pasar tres semanas sin comer.

—Muy bien, pero no has bebido desde que llegaste. Estamos en el desierto. Suzanne.

Ella no contestó a un nombre que no era el suyo.

—Maggie.

La joven abrió los ojos y lo miró con rabia.

—No aceptaré nada de usted. ¿Cómo voy a saber lo que me ha echado?

—No te drogaré —dijo él—. Puedes confiar en mí.

—No puedo confiar en un hombre que me secuestra en plena noche y me trae a su tienda del desierto.

Ilyas llenó la copa y se sentó en la cama a su lado. Ella permaneció rígida mientras él bebía. El movimiento de su garganta al tragar la hacía sentir una debilidad extraña.

—¿Lo ves? —declaró él cuando vació la copa—. No está drogada.

—Puede que usted tenga mucha tolerancia a...

Él sonrió y ella observó que fruncía los labios húmedos por la bebida y sintió un tsunami repentino debajo del ombligo. Era muy consciente de la presencia de él, aunque intentaba no serlo.

¿Por qué tenía que encontrarlo tan atractivo? Si todos los demás hombres la dejaban fría, ¿por qué tenía que encenderla aquel de ese modo?

¿Por qué no podía tener un secuestrador feo con un garfio por mano y dientes torcidos?

¿Y por qué no podía oler mal en lugar de a una fragancia exótica y ácida?

—Bebe —dijo él, después de llenar otra copa. Pero Maggie se negó a obedecer.

—¿Cuándo quedaré libre? —preguntó.

—Nadie irá a ninguna parte. El *simoom* se acerca rápidamente, así que no puede aterrizar ningún helicóptero. Por ahora tienes que beber algo. Te garantizo que es seguro. Además, no me iré hasta que bebas.

—Eso es cosa suya —repuso Maggie.

Se recostó sobre los cojines de seda y cerró los ojos, sabiendo muy bien que no podría descansar con él tan cerca.

El ataque a sus sentidos era igual de violento con los ojos cerrados. No podía escapar a su olor ni a la sensación de él sentado tan cerca de su muslo.

–Maggie. Es una orden.

–¡Ah, bueno! En ese caso...

Maggie abrió los ojos y llevó la mano hacia la copa, pero en lugar de hacer lo que le habían dicho, la empujó en la mesilla hasta que cayó al suelo alfombrado.

Ilyas miró sus ojos desafiantes y pensó que era como un gato.

–No beberé nada –declaró ella–. La última vez que acepté una bebida cerca de un al-Razim, acabé metida en una trampa.

Ilyas la miró un rato largo y supo que sus palabras eran sinceras. Si decía la verdad sobre la bebida drogada, tenía todo el derecho a mostrarse recelosa.

Tomó la copa del suelo y volvió a llenarla, con ella mirándolo. Su cabello pelirrojo estaba extendido sobre la almohada. Ilyas alargó el brazo y la sentó con un movimiento.

La respuesta de Maggie fue muy poco femenina. Se debatió, aunque no le sirvió de nada. Él le acercó la copa a la boca y le echó líquido dentro. Aunque ella se resistió, él era más fuerte. Pero no fue esa la razón por la que cedió ella. De pronto estaban tan cerca y era tan fuerte la sensación de la proximidad de él, que le resultó más seguro tragar.

Ilyas también sintió el cambio. Un segundo luchaba con ella para que bebiera y al momento siguiente luchaba consigo mismo para no besarla. Pero, por suerte, Maggie tragó parte del líquido, aunque la mayoría estaba ya en su cuello y su pecho.

Él estaba sentado en la cama, sujetándola, y en aquel breve forcejeo, todo cambió. Aflojó las manos y Maggie fue consciente de los cuerpos de ambos de un modo como nunca lo había sido.

–Ya está, he bebido –dijo, aunque su voz sonó rara, porque hasta sus cuerdas vocales estaban tensas por el contacto con él.

Y él también luchó por recuperar la normalidad y recordar la razón por la que había ido allí.

Soltó a Maggie y se disponía a rellenar la copa, cuando cambió de idea, porque el líquido derramado había mojado el camisón, volviéndolo traslúcido. Se pegaba a uno de sus pechos, con el pezón hinchado. La voz de Ilyas, cuando la encontró, sonó brusca.

–No deseo hacer esto cada hora –dijo–, así que sugiero que bebas una buena cantidad antes de dormirte.

Salió y ella se quedó sentada con un sabor dulce en la boca y sin aliento por el contacto con él.

Y entonces oyó el sonido de las campanillas al alejarse él.

Capítulo 5

CUANDO Maggie despertó, tardó un momento en saber dónde estaba. La confusión no duró mucho y enseguida despertó del todo, consciente de su problema, pero menos temerosa.

Al menos no la iban a dejar morir de sed en el desierto.

Además, tenía la verdad de su parte.

Permaneció tumbada, escuchando el ulular del viento, y mirando la pared de la tienda, que no se movía. Se preguntó cómo podía estar tan quieta en medio de una tormenta así.

Oía sonidos de cocina y, lejos de resistir tres semanas, dudó de que pudiera durar tres minutos más sin comida, tan hambrienta estaba.

Apartó las sábanas y se sentó. Entonces vio que le habían dejado una bata a los pies. La tela era de terciopelo verde sauce. En cuanto se la puso, supo que era la primera vez en su vida que llevaba terciopelo de verdad. Producía una sensación de seda cálida y, aunque era una prenda discreta, se pegaba un poco a su cuerpo. En el suelo había también unas hermosas zapatillas con joyas incrustadas.

Tenía el pelo húmedo y con nudos, y se lo peinó con los dedos, más por costumbre que para estar presentable.

El aire olía a especias y ella salió de su zona terriblemente hambrienta pero decidida a no demostrarlo.

Él estaba sentado en el suelo ante una mesa baja y una de las doncellas a las que Maggie había echado la noche anterior le sonrió con amabilidad.

Maggie le devolvió la sonrisa con timidez.

Ilyas le hizo gestos de que se sentara e intentó no fijarse en lo maravillosa que estaba. El sueño le había venido bien. Había color en sus mejillas y sus ojos estaban menos espantados.

La deseaba y estaba más que acostumbrado a cumplir todos sus deseos. Pero tenía que recordar que había cosas más importantes que eso.

Y él no era hombre que se acostara con el enemigo.

—¿Qué tal has dormido? –preguntó.

—Muy mal –mintió Maggie.

—Cuando han entrado las doncellas, parecías inconsciente.

—Solo descansaba los ojos –dijo Maggie.

Entonces sonrió, pero no a él, sino porque recordó a su madre diciendo lo mismo cuando Maggie la sorprendía adormilada.

Allí en el desierto le parecía que su madre estaba más cerca.

—¿Qué hora es? –preguntó.

—Las siete –dijo él.

Hizo señas a la doncella para que quitara las tapas de varios *tayines*.

Todos los platos parecían deliciosos.

—He pensado en lo que dijiste —comentó Ilyas cuando salió la doncella—. Si drogaron tu bebida, entiendo tus recelos sobre la comida y los refrescos. Pero no puedes pasar sin comer y beber.

—No importa —Maggie suspiró—. No tengo más remedio que comer.

—Desde luego.

—Así que tomaré el desayuno.

—La cena —corrigió él—. Son las siete de la tarde, no de la mañana. Según las doncellas, también estabas «descansando los ojos» cuando sirvieron el desayuno y el almuerzo.

Maggie se sintió muy avergonzada. Pensó comentar que la bebida que le había obligado a tomar él contenía un sedante, pero sabía que eso no tenía nada que ver con que hubiera dormido tanto.

—¿Debo creer entonces que estás cómoda? —preguntó Ilyas—. Lo digo por el largo sueño.

En lugar de contestar, ella se sirvió una copa y tomó un sorbo. Él le pasó un pan plano y Maggie lo aceptó y lo cubrió con carne.

Probó un mordisco. Estaba delicioso, especiado pero dulce, y la carne era tan tierna que simplemente se derretía en la lengua. Pero no le era fácil tragar, pues sentía los ojos de él fijos en ella y sabía que había mucho de lo que hablar.

—¿Cómo te relacionaste con Suzanne? —preguntó él.

—La conocí viajando —respondió ella. Decidió

que ya era hora de ser más sincera y dejar de tapar a Suzanne–. Estábamos las dos en el mismo hostal. Anoche se marchó a Dubai. Creo que se iba a reunir con su novio allí.

–¿También lo conoces a él?

–No. Solo me dijo que había quedado con Glen.

–¿Cuánto tiempo hace que la conoces?

–Un par de meses. Trabajamos unas semanas en el mismo bar y luego seguimos caminos separados. Volvimos a encontrarnos en Zayrinia, pero fue casualidad.

–¿Estás segura de eso?

–No –admitió Maggie–. Hace tiempo le dije que esperaba venir aquí hacia el final de mi viaje, pero no le di fechas. Tenía que ahorrar. Han sido unas vacaciones trabajando –explicó.

–¿A qué te dedicas en casa?

–Trabajo en un café.

–¿Desde cuándo?

–Desde los quince años, aunque entonces era solo media jornada –echó las cuentas–. Nueve años.

–Debe de gustarte.

–Sí. Los empleados son geniales y es casi como... –vaciló–. Bueno, mi jefe es como de la familia.

–Bien –comentó él.

–Es un café de chocolate.

–¿De chocolate? –preguntó él.

–Chocolate helado, chocolate caliente, pastel de chocolate, galletas de chocolate, todo de chocolate.

–Pues te habrás cansado del chocolate.

–Jamás –Maggie sonrió–. Y créeme, lo he intentado –dejó de sonreír–. ¿Esto es importante?

–No –contestó Ilyas. Pero era agradable hablar con ella y le resultaba interesante descubrir más cosas sobre aquella mujer que lo intrigaba–. Has dicho que has trabajado viajando. ¿En qué?

–Más cafés –Maggie se encogió de hombros–. Y unos cuantos bares. En uno de ellos conocí a Suzanne.

–¿Y cómo fuiste a parar al yate de mi hermano?

–Suzanne dijo que le sobraba una invitación para una excursión de *snorkel*.

–¿Una excursión para turistas a bordo del yate real?

Maggie suspiró.

–En cuanto vi el yate, supe que allí había algo raro.

–¿Pero subiste a bordo?

–Sí –respondió ella–. Estoy intentando ser menos cínica.

–¿Y eso por qué?

–Porque sé que es uno de mis defectos.

–Yo lo consideraría una ventaja –repuso él. Y para demostrar su cinismo, preguntó–: ¿Y Hazin y tú pasasteis la tarde simplemente hablando?

–Nosotros estamos simplemente hablando –señaló ella.

–Me ha costado mucho llegar a este punto.

Ella no se dejó amilanar por su tono de voz.

–Su hermano no me secuestró en plena noche –sonrió con dulzura y se sirvió más comida–. De hecho, terminé en su camarote por error. O eso pensaba yo. Estuvo muy amable. Yo no disfrutaba de la excursión y él tampoco.

–¿Por qué?

Maggie se ruborizó.

–Me sentía como una mujerzuela –dijo–. Y no lo soy. Sabía que estaba fuera de mi ambiente, y cuando me sentí mal, me alegró poder escapar y tumbarme. No sabía que era el camarote de su hermano.

–Habían colocado cámaras –reveló Ilyas–. Lo que pasó entre vosotros dos lo podrá ver todo el mundo.

–Solo hablamos –insistió Maggie.

Pero se sonrojó, preocupada por si habían grabado las palabras de Hazin. Había hablado de su familia y seguramente no querría que todo el mundo supiera lo que había dicho.

Por supuesto, Ilyas malinterpretó su sonrojo como fruto de la culpa. Frunció el ceño.

–No comprendo por qué te eligieron a ti –dijo.

–¿No soy el tipo de mujer que le gusta a su hermano? ¿Y por qué habla en plural? –preguntó.

–Esa gente trabaja en grupo. Y lo que he dicho no tiene nada que ver con el aspecto ni el encanto. Me refería a que no entiendo por qué eligieron a una persona tan desafiante y discutidora como tú.

–No entiendo.

–Me refiero a que no pareces una persona fácil de engañar.

–No lo soy –dijo Maggie. Vaciló visiblemente.

–Dime –pidió Ilyas.

–No es nada –ella apartó el plato–. He terminado de hablar.

La realidad era que sentía náuseas.

Hasta tal punto, que se disculpó, volvió a su habitación y se sentó en la cama.

Enterró la cara en las manos y lanzó un gemido.

Empezaba a entender que Suzanne la había utilizado.

Y sabía ya por qué la habían elegido a ella.

Oyó el sonido de las campanillas y adivinó que Ilyas la había seguido.

—¿Maggie?

La vio sentada en la cama como si acabara de recibir una mala noticia.

—¿Qué es lo que has recordado?

—Nada.

—Pareces disgustada.

Ella no lo miró. Soltó una risita despreciativa.

—Has recordado algo —comentó él—. Dime qué es.

No lo preguntaba solamente para resolver la situación. Lo preguntaba porque estaba claro que ella se sentía herida.

Y en su búsqueda eterna de información, normalmente a él no le importaban nada esas cosas.

Pero de pronto le importaba. Por eso hablaba con voz más amable de lo habitual y por eso se sentó al lado de ella en la cama.

—Creo que me tendieron una trampa —admitió Maggie—. No puedo comprobarlo, no me funciona el teléfono —lo señaló e Ilyas lo tomó e intentó encenderlo—. Suzanne me pedía todo el rato que se lo prestara.

—Haré que lo limpien —repuso Ilyas. Se lo guardó en el bolsillo—. ¿Qué más has recordado?

—Probablemente no sea nada —dijo ella. Por fin

acabó por ceder–. Pero creo que sí. Ya he dicho que Suzanne y yo trabajamos juntas.

Ilyas asintió.

–Fuimos de copas unas cuantas veces. Yo creía que nos habíamos hecho amigas. En una ocasión dije que quería estar en casa a finales del verano.

–O sea ahora.

Maggie asintió.

–Paul, mi jefe, quiere que vuelva al café, pero aparte de eso, no tenía otra razón para volver corriendo.

–¿Y tu casa?

–No tengo. Alquilaba una habitación en un piso. Le dije lo mismo a Suzanne, y que nadie me esperaba en casa.

–¿Nadie? –repitió él.

Maggie pensó que seguramente no debería de contarle aquello, pero empezaba a ver que él no era un enemigo ni tampoco era un hombre que se aprovechara de su estatus.

–Mi jefe y mi amiga Flo conocen mis planes.

Ilyas no dijo nada.

–Pero no tengo familia. Mi madre era soltera y murió cuando yo tenía siete años. Perdió el contacto con su familia cuando se quedó embarazada y, además, estaban todos en Irlanda.

–¿Quién te crio cuando murió tu madre?

–Estuve en distintas casas de acogida, pero no funcionó con ninguna. Aparte de amigos, no tengo a nadie –confesó ella–. Supongo que Suzanne sabía que nadie me echaría de menos.

–Pero has dicho que tienes amigos –musitó Ilyas.

–Claro, pero no muchos –Maggie no sabía cómo explicarlo, pero lo intentó–. No intimo fácilmente con la gente.

–He oído que, si aparte de la familia, puedes contar con los dedos de una mano a tus verdaderos amigos y personas a las que has querido de verdad, al final de tu vida te puedes considerar un hombre afortunado.

–No soy un hombre.

–Lo sé –Ilyas sonrió–. Sigue –le tomó una mano con el puño cerrado–. Nombra un amigo.

–Flo –dijo Maggie al instante.

–¿Cómo os conocisteis?

–Empezó a venir al café cuando era estudiante de enfermería. Ahora es matrona.

–¿Y sois buenas amigas?

–Mucho. Flo es la mejor.

Ilyas sacó uno de los dedos de ella.

–¿Quién más? –preguntó.

–Paul. Es mi jefe, pero nos llevamos muy bien. Y su esposa también es una amiga. Fui dama de honor en su boda –dijo–. Aunque Kerry, la esposa, no cuenta como un dedo, así que son dos –miró la mano que sostenía él–. Tengo más amigos, por supuesto, pero...

–Dos está muy bien –contestó él–. Tienes muchos años para encontrar a los otros tres. Seguro que, si te retuviera aquí en el desierto, te echarían mucho de menos.

Pero no la retendría.

Maggie sabía que la creía y sabía que estaba segura con él.

–¿Cuántos dedos tiene usted? –preguntó.

–Yo no cuento a la gente con dedos –repuso él–. Porque un día seré rey.

–No comprendo.

–Tengo responsabilidades.

–¿Y las reglas cambian para usted? –preguntó Maggie.

–Pues claro que sí. Pero Maggie, tú no eres prescindible. Tus amigos te echan mucho de menos y están deseando que vuelvas.

–¿De verdad?

Ilyas asintió.

–Seguro que otros encuentran tu compañía muy agradable.

Era una frase extraña, que merecía una pregunta.

–¿Usted no?

–Yo te encuentro desconcertante –repuso Ilyas–. Agradable, también, pero la primera palabra que elegiría sería desconcertante.

–Y la mía –admitió Maggie–. Es decir, si tuviera que describirle.

Se miraban a los ojos, y sus bocas estaban tan cerca, que ella podía sentir su calor.

–¿Pero agradable? –quiso saber Ilyas.

–En su mayor parte –asintió ella.

–¿Y esta parte?

Maggie sabía que su pregunta significaba que estaba a punto de besarla.

Era extraño, pero en las pocas citas que había tenido se había pasado el tiempo preguntándose si era ya el momento del beso. Para después llevarse una decepción después del hecho.

Con Ilyas, en cambio, sabía que la besaría, no solo en el momento anterior, sino quizá mil momentos antes del hecho.

Y no la decepcionó, pues Ilyas conocía sus deseos mejor que ella misma.

Le puso las manos en las mejillas y miró su boca hasta que los labios de ella cosquillearon de deseo y anticipación. No la besó con la boca cerrada, esperó a que se abrieran sus labios.

Su boca se movía sobre la de ella y el olor de él resultaba embaucador. Maggie movió las manos al pecho de él y después se abrazó a su cuello al tiempo que aceptaba la bendición sensual de su lengua.

Pensó que aquello sí era un beso, pues su boca recibía encantada la caricia de la lengua de él y el sabor de ambos juntos resultaba divino.

Las manos de él no se movieron de las mejillas de ella. Maggie se descubrió anhelando que la abrazara con más fiereza, pero él la besaba como si tuvieran todo el tiempo del mundo.

Y de pronto pensó que efectivamente tenían todo el tiempo que él quisiese, pues ella era su prisionera. Al darse cuenta de eso, se apartó.

Ilyas había anticipado que lo haría. La atracción entre ellos era innegable, pero había sabido que ella la combatiría.

Le recordaba a un halcón joven y nervioso y sabía que necesitaría paciencia. Y por eso no había ido más allá, a pesar de que ambos sentían deseo.

Ella respiraba con fuerza y sus ojos parpadeaban rápidamente con él sosteniéndole todavía el rostro.

Los dos tenían los labios húmedos y sus pechos estaban a punto de tocarse.

Entonces rompió el contacto y ella se sonrojó bajo la mirada de él. Luchó para no apoyarse en él, pero no tuvo que luchar mucho rato, pues él se puso en pie.

Maggie abrió la boca para hablar, y volvió a cerrarla porque no sabía qué decir.

–Me iré –dijo él.

–Por favor –ella sabía que era mejor que se fuera, pues necesitaba pensar y no podía hacerlo con él cerca–. Ha sido un error.

–No me lo ha parecido –contestó Ilyas–. Y sigue sin parecérmelo.

Tomó la mano de ella y la apretó contra su túnica. Maggie notó lo duro que estaba.

Quiso apartar la mano, pero él se la sujetó con firmeza y ella cedió con una protesta débil porque él le producía una sensación magnífica. No se resistió cuando él le apretó la palma contra su erección.

–¿Qué ha sido del coqueteo previo? –preguntó Maggie. Su voz normal había desaparecido y sus palabras salían a través de una garganta completamente seca.

Lo único seco que había en su cuerpo.

–No necesito coquetear –dijo él. La soltó, pero ella tardó un momento revelador en retirar la mano.

–Puede que sí –dijo.

–Creo que no –después de todo, era un hombre que pedía sexo tocando una campanilla–. Sal cuando estés lista.

Maggie no sabía si estaría lista alguna vez, pero el beso la había dejado deseando más y él lo sabía perfectamente.

Por eso se fue. Porque quería que, cuando regresara a sus brazos, lo hiciera deseosa.

Capítulo 6

MAGGIE intentó negarse el impulso de salir.

Nunca había estado ni remotamente cerca de aquel nivel de deseo.

De hecho, nunca se permitía intimar con nadie por miedo a ser engañada con promesas y mentiras.

Ilyas no mentía ni pedía disculpas por su deseo.

Y Maggie sabía que allí no había nada más que eso.

Deseo sexual.

Se tumbó en la cama y la música aumentó de volumen, llenando la zona de dormir. Maggie sabía que nunca conocería a un amante como él.

Había algo carnal en él que hacía que se le encogiera el estómago. Él hacía que fuera muy consciente de su cuerpo. Él la excitaba como nadie la había excitado nunca.

Y eso había empezado mucho antes del beso.

Su deseo era profundo, pero cuando se levantó de la cama y se miró en el espejo, supo que no podía salir allí y continuar sin más donde lo habían dejado. No era capaz de eso.

Sabía que nunca podría haber nada más que aquel tiempo en el desierto, pero, aunque aceptaba esa premisa, eso no implicaba que no pudiera exigir ella también algo.

Se quedó de pie descalza en la entrada de la zona principal, donde él yacía de costado, con fruta colocada sobre el suelo alfombrado. Ella le dijo lo que había decidido.

—No me acostaré con un hombre al que no conozco.

—Entonces no estaremos juntos —respondió él.

—¿O sea que nadie puede conocerle?

—Por supuesto que no.

—¿Porque es muy importante? —se burló ella.

—Yo no, pero mis secretos sí.

Maggie lo miró, y después de un momento, el rostro altivo de él se suavizó un tanto y le hizo señas de que se reuniera con él.

—Ven —le dijo—. No tenemos por qué hacer nada. Y tampoco hablaremos de sexo ni de Suzanne.

Ella se arrodilló vacilante y tomó una copa, confusa por sus propios pensamientos, porque se sentía como si le hubiera echado un conjuro.

—Hagamos una tregua —dijo Ilyas—. Estamos atrapados aquí al menos hasta mañana. El centro de la tormenta está cerca.

—¿Cómo es que no se mueven las paredes de la tienda? —preguntó Maggie.

Miró el techo, que se ondulaba con gentileza, pero de no ser por el ruido cada vez mayor del viento, nadie habría dicho que estaban en medio de una tormenta feroz.

—Porque estamos en la tienda interior —explicó Ilyas—. Hay una capa exterior que sufre la fuerza de la tormenta. Si empiezan a moverse las paredes, estaremos en peligro.

Maggie lo estaba ya, pues tenía la sensación de que el suelo se movía bajo sus pies. Tenía que esforzarse para no acercarse más a él.

—¿Cómo eran las tiendas de la excursión? —preguntó Ilyas.

—Bueno. No había tienda interior.

Ilyas sonrió.

—Hay problemas con algunos de los operadores turísticos —comentó.

—Eso seguro —repuso ella. Y le contó cómo había ido la excursión.

—Quieren llevar a los turistas más dentro del desierto —le explicó Ilyas—, pero los beduinos se oponen.

—¿A qué se oponen?

—Se resisten a todos los cambios.

—Pero seguro que hay mucho que podrían hacer los operadores turísticos sin molestarlos.

—¿Por ejemplo? —preguntó Ilyas.

—Ahora mismo no lo sé —confesó Maggie. Sonrió—. Tendrá que preguntárselo a ellos.

Ilyas la miró. Su respuesta le sorprendió, porque se parecía tanto a lo que pensaba él que lo pilló desprevenido. Quería saber más de Maggie.

—Ven aquí —dijo. Dio unas palmaditas en un cojín próximo.

Ella obedeció, pero la tregua siguió en pie, pues él no hizo ademán de tocarla. En vez de eso, le pidió que le contara lo que pensaba.

—Quizá no deberían anunciarlo como una excursión para ver las estrellas –sugirió–. Sobre todo cuando saben que no habrá estrellas. El viaje puede bastar por sí mismo. A mí me encantó sentarme alrededor de la hoguera y oír sus historias.

–¿Qué os contaron?

–Nos hablaron de un río que fluye por debajo del palacio y es de color rojo –lo miró esperando una reacción, pero el rostro de Ilyas permaneció impasible–. De un príncipe que murió de corazón roto y todavía sigue sangrando.

Él la miró fijamente.

–¿Es cierto? –preguntó ella.

–¿Me preguntas si es cierto que miles de años después su corazón sangra todavía? –inquirió él–. Aunque si el príncipe era tan débil como para morir de corazón roto, probablemente le hizo un favor a su país.

–El amor no te hace débil –replicó Maggie.

–Pues claro que sí. Tendría que haberse concentrado en su trabajo.

–Usted no es muy romántico.

–En absoluto.

–¿Entonces no es cierto?

–Yo no he dicho eso. Dime qué más contaron.

El viento arreciaba todavía más. Seguramente se acercaban al ojo de la tormenta, pues tenían que inclinarse para oírse.

–Nos hablaron del palacio, de que se construyó sobre las ruinas de lo que en otro tiempo era un harén. De que el ruido del viento es en realidad el sonido del libertinaje cruzando el tiempo...

Ilyas se echó a reír.

Fue una risa profunda, y tan inesperada, que ella casi rio también, pero le habían gustado las leyendas y soltó un quejido.

—Me gustaron —admitió—. ¿Todo es mentira?

—No es mentira del todo —contestó él—. El palacio no está construido sobre ruinas. Hay un enorme *hammam* subterráneo y una larga red de cuevas.

Le habló de las cuevas y de las fuentes y de que, aunque subterráneas, algunas de las entradas a las cuevas estaban en el desierto.

—En una de las entradas hay un saliente —dijo—. Allí solo puedo estar yo. Es como estar de pie en mitad del cielo. A veces, cuando ha sido un día difícil y estoy allí mirando fuera, tengo la sensación de que el suelo desaparece debajo de mí y estoy solo en el cielo.

El modo en que describía aquello hacía que ella se estremeciera. Sus cabezas se acercaron más, aunque no para oír mejor, más bien para estar cerca.

—En los viejos tiempos —le dijo Ilyas—, los primeros líderes se reunían en la cascada para hablar de sus asuntos y de los problemas con los beduinos. Entonces era lo máximo que se podían acercar al desierto. Hoy la familia real reina sobre todo el país, pero en el palacio están los bancos de piedra donde se sentaron por primera vez. Después de las reuniones se retiraban al *hammam*. Con el tiempo, se construyó el palacio encima y alrededor. Primero fue un palacio pequeño y ahora es una obra de arte.

—¿Y en otro tiempo hubo un harén?

—Todavía lo hay —repuso Ilyas—. Yo diría que los sonidos de libertinaje que se oyen en el desierto es más probable que sean actuales que fantasmas del pasado.

Ella echó la cabeza hacia atrás y lo miró. Le ardía la cara.

—¿Y usted...? —tragó saliva, sin saber cómo hacer la pregunta.

—¿Yo qué? —preguntó él—. Por supuesto.

Vio que los ojos de ella brillaban de rabia.

—¿Tiene el valor de arrastrarme hasta aquí pensando que me he acostado con su hermano cuando todo el tiempo...?

—Te trajeron aquí porque creíamos que estabas haciendo chantaje al palacio y amenazando con dañar la reputación de mi hermano —le recordó Ilyas.

—¿Reputación? —Maggie soltó una risita incrédula—. Si la gente supiera lo que hacen aquí...

—¿Crees que si la gente supiera que el príncipe heredero tiene un apetito sexual sano, se escandalizaría?

Ella apretó los labios.

—El harén es hermoso. Las mujeres están bien cuidadas y son libres de irse si lo desean. No hay trampas ni ningún deseo de acostarse con alguien por provecho personal. Es cuestión de placer mutuo.

—¿Mutuo? —preguntó ella con una mueca de desdén.

En lugar de contestar, Ilyas tomó un higo de la selección de fruta, lo partió en dos con un cuchillo y le ofreció un pedazo.

—No, gracias.

—Por favor —insistió él—. Justo en esta época son excepcionales.

Maggie tomó el higo y lo mordió. Él tenía razón, era una delicia.

—Es maravilloso —dijo.

—Me alegro.

Ilyas tomó un bocado.

—Claro que, si no hubiera estado bueno, no te lo habría ofrecido. Hay placer en ver disfrutar a otro. Si no, daría igual comer solo.

Maggie sabía que hablaba de sexo y que la reñía por haber osado insinuar que sus amantes no obtenían placer.

—Quizá no me gusten los higos —dijo.

—Pues no lo comas. Preferiría que lo escupieras a que fingieras disfrutarlo —repuso él—. Otra cosa es la fruta barata. Parece buena por fuera, pero por dentro está podrida o carece de sabor. Seductora —añadió él, porque aunque habían acordado una tregua, no podía soportar pensar en lo que podía haber hecho ella.

—Yo no sabría seducir, aunque fuera mi trabajo —protestó ella.

—¡Por favor! —se burló él, que tenía ante sus ojos la prueba de lo tentadora que podía ser.

Eso enfureció a Maggie.

—Debería tener esta conversación con Hazin. Si es tan corrupto que asume que esto es verdad, ¿se puede saber qué hace limpiando sus trapos sucios?

—Porque alguien tiene que hacerlo —musitó él—. Tienes razón, debería dejarlo en paz, pero... —Ilyas no sabía qué decir, porque si se hubiera tratado de otra persona, la habría dejado caer.

–Usted lo quiere.

Ilyas negó con la cabeza. No podía ser eso.

–Casi no lo conozco. Nunca estuvimos juntos de niños.

–¿Nunca?

–No. Nos encontrábamos en ocasiones formales, pero nos separaban el resto del tiempo. Aunque una vez hubo una confusión –sonrió al recordarlo–. La niñera de Hazin estaba fuera y el anciano que tenía que darme clase se puso enfermo. No informamos a nadie. Tuvimos un día entero para hacer lo que quisiéramos.

–¿Solo un día?

–Sí.

–¿Cuántos años tenía?

–Ocho, o quizá siete. Bajamos más allá del *hammam* y nadamos en el lago de una cueva...

–Podrían haberse ahogado.

–Pero no fue así. Jugamos, reímos y fuimos hermanos por un día. Hazin dijo que ojalá fuera yo rey y que gobernaríamos juntos. Era tan pequeño, que dudo de que se acuerde.

Maggie también lo dudaba. Hazin le había dejado claro que consideraba a su hermano tan frío y vacío emocionalmente como sus padres.

–Pero ya entonces Hazin sabía que algo iba mal –dijo Ilyas.

–¿Mal?

Ilyas nunca pensaba en los viejos tiempos y, desde luego, jamás hablaba de ellos, pero la conversación con Maggie resultaba tranquilizadora.

–No siempre estoy de acuerdo con el modo de gobernar de mi padre –dijo.

–¿Con qué no está de acuerdo? –preguntó ella.

Él entrcccrró los ojos.

–Somos un país próspero, pero hay mucha gente pobre –explicó.

–¿Puede hacer algo sobre eso?

–Todavía no –respondió él.

Maggie lo miró a los ojos y pudo ver que allí se escondía un secreto. Ilyas apartó la vista y repitió que no había nada que pudiera hacer.

–Él es el rey –dijo.

Tiró de un cordón y al momento apareció una doncella, a la que dio una orden.

–¿Qué le ha dicho? –preguntó Maggie.

–Le he pedido que los músicos toquen más alto –era más seguro que hablar.

–¿Dónde están? –preguntó ella con el ceño fruncido.

–En otra zona. Ellos no nos oyen, pero nosotros a ellos sí.

La música subió de volumen.

Eso detuvo la conversación, pero no hizo nada por aminorar el deseo de ambos.

Ilyas la miró y vio que ella escuchaba la música con los ojos cerrados.

–¿Bailas? –preguntó.

–Me encantaría –contestó ella.

Pero entonces se impuso el sentido común. Él no bailaba ni miraba a nadie a los ojos. El beso que habían compartido había sido el más tierno e íntimo de su vida, y eso no era lo que él solía buscar.

Maggie Delaney ocupaba demasiado espacio en su mente y él sabía que tenía que eliminar la intimidad entre ellos.

Así que corrigió rápidamente su petición.

—Adelante, pues —dijo.

Maggie se ruborizó. Su respuesta había sido inmediata y sentida, porque había creído que la invitaba a bailar con él. Y ahora, si no quería admitir su error y que Ilyas supiera que había querido que la abrazara, tenía que rectificar rápidamente.

Se puso de pie. Sus ojos verdes brillaban de rabia, pero sonrió.

Ella no bailaba sola. O lo hacía en raras ocasiones y, desde luego, sin testigos. Pero no podía ser tan difícil, ¿verdad? Empezó a mover las caderas un poco, aunque se sentía como una tonta.

«¡Bastardo!», gritaba con los ojos, cuando alzó los brazos por encima de la cabeza, como había hecho una mujer mucho más experimentada al lado de la hoguera un par de noches atrás.

Pero de pronto no pudo seguir con la farsa y se detuvo

—No puedo.

Ilyas se rindió entonces y se puso de pie.

Cuando se acercó a tomarle la mano, Maggie lo miró a los ojos.

Ya lo conocía mejor.

Capítulo 7

A ÉL LE gustaba que lo hubiera intentado.

—Mirando a las bailarinas parecía fácil —dijo Maggie.

—Solo necesitas práctica —respondió él. Se acercó por detrás y le puso ambas manos en las caderas—. Así.

—¿Así cómo? —preguntó ella, luchando contra el impulso de apoyarse en él.

—Quédate centrada y ahora empújame la mano derecha —le dijo Ilyas.

Ella lo intentó, pero no consiguió retirarle la mano.

—Primero baja el muslo y luego empuja hacia arriba.

La mano de él rozó la parte superior del muslo de ella, pero, a pesar de la distracción que eso suponía, Maggie consiguió cumplir sus instrucciones.

—Ahora la izquierda.

Resultaba torpe y ni mucho menos ideal, pero Maggie se movía con ritmo e Ilyas se adelantó más, de modo que sus rostros quedaron juntos.

Él bajó una mano al estómago de ella.

—Así —dijo. Y le movió las caderas en círculo, apretando la espalda de ella contra su pelvis.

La espalda de ella se apretaba con fuerza contra

él y Maggie luchaba por evitar que su trasero hiciera lo mismo.

—Así —le dijo él. Y ella dejó de luchar y de fingir que aquello era una clase de baile.

Ilyas le levantó el pelo e inhaló su aroma. Luego bajó la cabeza al cuello de ella y le besó la piel pálida.

El toque de su boca era suave, pero lanzó muchos voltios por el cuerpo de Maggie, que tenía el cuello arqueado a un lado.

Él profundizó en el beso y su lengua rozó una zona sensible. Ella soltó un gemido involuntario.

Por fin Ilyas la abrazó con fuerza y ella sintió su excitación cuando él le movió las caderas, aunque de un modo mucho más íntimo que en un baile.

La respiración de él era jadeante y sus movimientos sensuales, deliberados. Maggie se esforzaba por permanecer quieta. Sabía que, si cedía, se entregaría entera.

—Ilyas —musitó, porque el beso de él era ahora más profundo. Bajó la mano desde el cuello de ella hasta sus hombros y le bajó la bata por el brazo.

La otra mano seguía abajo, en el estómago de ella. Su contacto era cálido y la reacción de Maggie era puro fuego.

Se movían con sensualidad. La mano de él bajó el tirante del camisón de Maggie, de modo que su pecho quedó al descubierto. Los dedos de él eran firmes y un poco ásperos en la piel sensible de ella, y su boca empezó a funcionar como un bálsamo caliente en el hombro de ella.

A Maggie le temblaban los muslos y se apretó

más contra él para no perder el equilibrio, pero eso solo sirvió para inflamarla más.

Quería desesperadamente darse la vuelta y reclamar el beso que intuía próximo. La lengua de él le humedeció el cuello, que lamió arriba y abajo.

La música era hipnotizante, cada acorde parecía hacer juego con el frenesí interior de ella. Ilyas retiró la mano del estómago de ella y tiró del camisón y la bata, de modo que Maggie quedó desnuda de cintura para arriba. Las manos de él se posaron en sus pechos, que acariciaron hasta que ella ya apenas podía recordar su nombre.

Estaba desesperada por saborear su boca, así que arqueó el cuello y sus labios se encontraron por fin. El beso que intercambiaron fue profundo y solo sirvió para incrementar su deseo de él.

Ilyas bajó la bata y el camisón hasta el suelo y ella lo oyó desabrochar el cinturón bajo de su túnica y después un sonido de muselina desgarrándose. Por fin conoció la sensación del cuerpo desnudo de él a lo largo de todo su cuerpo.

Ilyas la agarró por la nuca, bajó un dedo por la columna de ella y luego le agarró la nalga. Maggie se retorció para liberarse.

No se debatía por una cuestión de consentimiento, pues no podía desearlo más.

Lo que quería era volverse a mirarlo para poder recordar aquel momento siempre.

Pero él la retuvo en el sitio con una mano, haciendo una presión sutil en el cuello, y con la otra sostuvo su pene en la entrada de ella. El miedo de Maggie fue entonces real.

–Es mi primera vez –musitó, porque, aunque estaba al borde del orgasmo, estaba segura de que él podía hacerle daño.

–Bien –contestó él, que estaba muy contento de ser el primero y estaba dispuesto a enseñarla bien.

Pero sintió que las nalgas de ella se tensaban y, cuando la acarició por dentro, notó algo más que resistencia virginal, casi como si la mujer se preparara para un momento desagradable.

Tragaba aire con fuerza y, cuando él le pasó un brazo alrededor del estómago, ella se agarró al antebrazo como se agarraría al borde de la piscina una persona que no supiera nadar.

Maggie, dividida entre el deseo y el miedo, se negaba a cerrar los ojos y dejarse llevar.

–Ilyas...

Se soltó y se giró a mirarlo. Se quedó paralizada. Aquel no era el hombre que conocía, tenía la túnica abierta y mostraba su cuerpo impresionante.

Era exquisito, con músculos, fuerte y resplandeciente. Ella extendió la mano para tocarlo.

Su piel era cálida. Ilyas le tomó la otra mano y se la bajó para que pudiera tocar su erección.

–Tómame despacio –dijo Maggie, acariciándolo con la mano.

Ilyas no estaba acostumbrado a que una mujer le dictara el paso. Lo suyo era la satisfacción rápida, directo a la cima, no un ascenso lento y gradual.

Sus amantes lo sabían.

Pero ella no era su amante... Todavía.

Sus caricias eran sublimes. Ahora que estaban cara a cara, él se quitó la túnica para que los dos estuvieran desnudos y luego procedió a explorar el cuerpo de ella, como hacía ella con el suyo.

Maggie cerró los ojos ante aquellas caricias sorprendentemente tiernas, hasta que sus bocas volvieron a encontrarse en un beso frenético.

Cada movimiento de los labios de él los juntaba más, hasta que ambos se dejaron caer al suelo y descubrieron la bendición de los placeres sin prisa.

La boca de él se posó en el pecho de ella y le acarició los pezones con la lengua.

Pero ella no conoció auténtico placer hasta que él le besó el estómago, le separó las piernas, se arrodilló entre ellas y le acarició el vello pelirrojo del pubis.

—Ilyas... —dijo ella con voz estrangulada.

La lengua de él empezó por explorar sus labios brillantes y luego la acarició más hondo. Le colocó las pantorrillas encima de sus hombros y ella volvió a debatirse, pues no sabía cómo relajarse y sumergirse en el placer.

—¡Por favor! —suplicó.

Intentó incorporarse sobre los codos porque aquella deliciosa tortura era implacable y tenía que ser imposible de resistir. Pero él la empujó hacia abajo y le levantó las caderas, sin dejar de acariciarla con la lengua. Cada arremetida la hacía retorcerse.

—¿Lo quieres lento? —preguntó, cuando ella se acercaba al clímax.

Maggie no podía contestar. Le introdujo los dedos en el pelo para pedirle en silencio que le diera más.

Él no cedió ni siquiera cuando ella llegó al orgasmo. Siguió con la caricia mientras ella se arqueaba, y la sensación fue tan intensa, que ella solo recordó su nombre cuando se lo oyó a él.

–Maggie.

No era una llamada ni una pregunta. Ilyas simplemente descansó un momento sobre sus talones y observó los espasmos de placer de ella.

Maggie yacía como atontada, no pudo moverse cuando él se inclinó sobre ella. Ilyas abrió una cajita de madera y se puso un preservativo.

Se colocó encima de ella con precisión. Maggie sentía las piernas pesadas por el intenso orgasmo, así que él se las separó con las suyas y se apoyó en los antebrazos. Tenía la cara encima de la de ella y Maggie le miró la boca y se preguntó cómo sabría ella.

–Deliciosa –dijo él, como si adivinara la pregunta.

Se lamió los labios, saboreándola de nuevo, y ella volvió a excitarse. Pero su recuperación no era completa, pues seguía sin aliento y sentía el sexo muy sensible. Aunque, de algún modo, seguía gobernada por el deseo y ansiaba aquel beso.

Él no se lo dio.

Aunque ella le echó los brazos al cuello, él se negó a bajar la boca y ella pensó que se moriría de anhelo.

En lugar del beso, lo sintió empujar en su entrada y lo miró a los ojos. Él la observó con atención y entró un poco más.

Y siguió mirando cuando ella cerró los ojos con

fuerza porque era imposible negar que le dolía. Pero entonces, cuando ella respiró hondo y alzó las caderas para recibirlo dentro, abrió los ojos y él terminó de penetrarla.

Maggie gritó, pero él le cubrió la boca con la suya y tragó su dolor.

Por supuesto, dolía. Él era grande y ella estaba intacta, y ninguna cantidad de ternura habría podido negar eso. Y cuando él entró del todo, Maggie vio las estrellas. Ilyas le pasó un brazo por la parte baja de la espalda, la izó hacia él y volvió a tomarla despacio.

Su boca se posó en la sien de Maggie, donde probó la sal de una lágrima.

Volvió a besarla y poco después, el cuerpo de ella se elevaba para empujarlo a moverse más deprisa, a mantener el ritmo con su deseo e iniciar un ritmo más castigador.

Pero entonces fue Ilyas el que se negó a que le metieran prisa.

Le gustaba la sensación de ella desplegándose ante sus caricias y el abrazo de ella cuando la poseía despacio. Y le gustaban sus besos breves cuando sus bocas se encontraban y el contacto de las manos de ella en su torso.

El cuerpo de él era duro y musculoso bajo los dedos de ella; hasta la carne de sus nalgas era dura cuando exigía más y más al cuerpo de ella.

Maggie abrazó las piernas de él con las suyas cuando sus músculos internos se apretaron y él liberó toda la fuerza de su pasión. Ilyas le sujetó los brazos por encima de la cabeza y aumentó el ritmo.

La planta del pie de ella apretó la parte de atrás del muslo de él, y Maggie tuvo la sensación de que escalaba por él y su cuerpo se llenaba de energía por la potencia de él. El grito que lanzó él al llegar al orgasmo fue primitivo y, cuando se derramaba dentro de ella, Maggie llegó también al clímax con fuerza. Tenía la sensación de que cables cargados de electricidad rozaban cada uno de sus nervios.

Le había dolido, sí.

Pero había sido el dolor más hermoso que había conocido. Maggie estaba allí tumbada con el peso de él encima y el sonido de la música volviendo a sus oídos.

Nunca había deseado a nadie así.

Durante años se había preguntado si le ocurría algo porque no se sentía atraída por nadie y nunca había conocido el verdadero deseo.

Hasta que llegó Ilyas.

Capítulo 8

UNA NOCHE en la cama de él.

Cuando entraba en la amplia zona de dormir, Maggie sabía que eso sería todo lo que tendría.

La zona era terriblemente masculina. La cama de ella estaba vestida de seda y cojines bonitos, pero la de él estaba decorada con pieles pesadas.

Ilyas le echó una por encima.

—Aquí en invierno puede hacer mucho frío —explicó.

—¿No tienes fuego aquí? —preguntó ella.

—En el dormitorio no —dijo él. Se movió bajo la piel para atraerla hacia sí—. Esto es para dormir.

—Y sexo —dijo Maggie. Miró la cuerda que colgaba sobre la cama.

—Por supuesto.

—¿También tienes un harén en el desierto? —preguntó Maggie, que odiaba pensar en eso, pero sentía curiosidad.

—Las mujeres del *hammam* se turnan para venir aquí.

—¿Unas vacaciones en el desierto?

—Más o menos. Les gusta venir aquí. Es más... —él se interrumpió.

—¿Más qué?

Ilyas vaciló un momento.

—Tengo más tiempo para ellas cuando estoy aquí —admitió al fin.

Aquello, para Maggie, era como clavarse alfileres en los ojos y, sin embargo, buscaba la verdad por mucho que le doliera oírla.

—¿Y cuando viajas? —preguntó—. ¿También van contigo?

—Unas pocas elegidas.

Estaban tumbados de lado, uno frente al otro, muy juntos y, sin embargo, había mucha distancia entre sus vidas.

Maggie sabía que él le había robado el corazón. Aunque nunca antes había sentido nada así, eso lo sabía.

También sabía que Ilyas no tenía un corazón que darle.

—¿Qué pasará cuando te cases? —preguntó.

—Mi harén se disolverá.

—¿Tu harén?

—Sí.

Ilyas cuidaba de su harén y, desde luego, ellas solo se ocupaban de él. Entonces resucitó en él la incómoda idea de ella con su hermano. Era una sensación desconocida, que lo quemaba, pero no podía nombrarla.

Porque él no había estado celoso en su vida.

Nunca había sentido la necesidad de poseer, porque, en general, conseguía fácilmente lo que quería.

Excepto el título de rey.

Pero en ese caso no sentía celos, solo rabia por cómo actuaba su padre.

Miró a Maggie.

—Tengo que serle fiel a mi esposa.

—¿Tienes que? —Maggie frunció el ceño—. Hablas como si fuera una faena.

—Un futuro rey no deber casarse por amor —dijo él—. De hecho, eso no se ve bien. Nos enseñan que casarse por amor origina una debilidad. Si tú y yo fuéramos a...

Vaciló de nuevo, porque ese no era el ejemplo que quería poner.

—Si hay amor, ¿qué pasaría si secuestran a esa persona?

Maggie lo miraba fijamente.

—¿Qué puede entregar un rey a cambio de conseguir que vuelva su amor? —espéró, pero ella no contestó—. El matrimonio es un medio para tener un heredero.

—Encantador.

—Yo no hice las reglas —se defendió Ilyas—. Tu amiga Suzanne no entiende lo que hace. Mi padre repudiaría a Hazin antes que pagarle un centavo a ella.

—No es amiga mía —repuso Maggie. Se colocó de espaldas y miró el techo ondulante.

Odiaba el mundo frío de él.

Pero no a él.

—¿Y Hazin? —preguntó—. ¿Las reglas son las mismas para él?

—No nació para ser rey —repuso Ilyas—. Y lo sabe y se aprovecha de ello con cierta regularidad.

–Tú quieres a tu hermano –Maggie sonrió–. Después de todo, quieres encubrirlo.

–Déjalo –le advirtió Ilyas.

Del harén podía hablar, pero el tema de su hermano lo cerró. Volvió a abrazarla y miró al techo, que ya no oscilaba tanto. El viento también sonaba con menos fuerza.

–¿Es por la mañana? –preguntó ella.

–Todavía no. Pero lo será pronto. Falta poco para que amanezca.

–Mañana a esta hora estaré preparándome para ir al aeropuerto –dijo Maggie–. Suponiendo que me dejes marchar.

–Informaré al palacio para que envíen un helicóptero a mediodía y puedas volver a tu hotel.

Maggie no estaba segura de querer irse. Deseaba más bien que arreciara la tormenta y perderse un poco más en el mundo de él, pues era una bendición yacer en sus brazos.

–¿Te apetece volver a casa? –preguntó él.

–Me siento bien después de unas vacaciones tan largas y estoy relajada –contestó ella–, pero cuando pienso en ir a casa... –hizo una pausa–. Me gusta la idea de ver a mis amigos, pero me cansa pensar en volver a empezarlo todo.

–¿En qué sentido?

–Me quedaré en el sofá de Flo hasta que encuentre un sitio. Su apartamento es pequeño, así que será solo temporal. Me encantaría tener un lugar propio, pero no sé si lo conseguiré alguna vez, así que tengo que compartir piso y conocer a gente nueva...

—¿Como cuando viajabas?

Maggie pensó un momento.

—Pues sí, pero sin la diversión de las vacaciones.

—¿Quién te crio cuando murió tu madre?

—Tuve muchas casas temporales. Algunas, más tiempo que otras. Es difícil colocar a los niños que son ya algo mayores. Estuve con un par de familias de larga duración, pero no salió bien.

—¿Por qué?

Maggie tardó un momento en contestar. No solía hablar de aquel tema.

—La primera fue un año después de la muerte de mi madre. Estuve unos meses con ellos, pero se divorciaron y... —se encogió de hombros—. Con el matrimonio hundiéndose, no era prioritario para ellos ocuparse de mí.

—¿Y la otra casa?

Maggie hizo una pausa más larga. Le dolía demasiado entrar en detalles.

Pero él la abrazaba y le acariciaba el pelo y ella tenía la cabeza en su pecho. Había paciencia en el aire y pensó que quizá sí podía ya hablar de aquello.

—Acababa de empezar el instituto cuando me dijeron que había una familia interesada en acogerme a largo plazo, quizá incluso en adoptarme. Esa familia era agradable. Tenían tres hijos y yo empecé por ir fines de semana con ellos y también algunas vacaciones. Diane quería una hija y esa iba a ser yo. Quería alguien que fuera con ella a hacerse la manicura y de compras y esas cosas. Íbamos de compras y al cine...

Maggie guardó silencio y le gustó que él no la presionara.

—No me gustaba el cine, pero iba con ella. Y ella me prometía muchas cosas.

—¿Por ejemplo?

—Que cuando me mudara con ellos podría decorar mi habitación como quisiera y tendría un cachorro.

—¿Cumplió eso?

—Sí. Me mudé con ellos, decoramos mi cuarto y fuimos a elegir un perrito, un Scottie al que llamamos Patch. Empecé en un colegio nuevo.

—¿Cambiaste de colegio?

—Sí. No fue fácil —admitió Maggie—. Colegio nuevo, familia nueva, todo era nuevo y yo intentaba encajar con ellos. Me llevó a clases de ballet...

—Y los dos sabemos que no sabes bailar.

Maggie sonrió con pesar.

—Al parecer, yo no era lo bastante agradecida, ni lo bastante feliz para lo que ella quería. Le disgustaba que no la llamara mamá, pero aunque estuviera muerta, yo ya había tenido una madre. Quizá la hubiera llamado así con el tiempo, pero Diane decidió que era demasiado problemática.

Maggie se dio cuenta de que le venía bien examinar aquella época. Durante años le había resultado muy difícil, pero en brazos de Ilyas resultaba factible.

—Yo no era nada problemática, créeme. Me gusta tener mi propio espacio, me gusta leer, pero Diane quería entretenimiento a petición y una compañera de juegos...

—¿Quería una muñeca viva? —preguntó Ilyas.

Maggie vaciló. Nunca lo había considerado así, pero así era como se había sentido.

—Sí —asintió, contenta de que él la entendiera—. Yo no era la hija que había soñado y me catalogó como problemática. Un día llegué a casa del colegio y había una trabajadora social esperándome y me dijo que aquello no había funcionado —suspiró—. La residencia de acogida anterior estaba llena, así que me llevaron a otra y tuve que volver a empezar.

—¿Y qué pasó con Patch? —preguntó él.

—También se libró de él —repuso Maggie con amargura—. Supongo que era demasiado problemático.

Se soltó del abrazo y se sentó en la cama. Ilyas la observó mirar la alfombra. Notó que no lloraba y se preguntó si habría llorado en su momento. ¿Pero quién la habría consolado entonces?

La emoción que lo embargó en ese momento le resultaba desconcertante, pues él no se permitía esas cosas.

Un corazón tierno no entraba en sus deberes laborales, pero se sentó, le puso una mano en el hombro y la atrajo hacia sí.

—La odié mucho —admitió Maggie—. Sé que no es sano, pero odio lo que hizo.

—Yo también —asintió él.

—Tu hermano tiene suerte de contar contigo —comentó Maggie—. Siempre he querido alguien que me quisiera lo bastante para protegerme. Los cuidadores eran buenos, pero no es lo mismo que la familia.

—¿Cuándo te fuiste por tu cuenta?

—Trabajaba los fines de semana con Paul en el

café. Cuando cumplí dieciséis años y pasé a un albergue semiindependiente, me dio trabajo de jornada completa. He estado allí desde...

–Comiendo chocolate.

Maggie sonrió.

–Sí.

Ya casi amanecía.

Ilyas oyó las campanillas cuando se acercaba la doncella y los dos guardaron silencio mientras les colocaba unos refrescos al lado de la cama.

–Tengo que levantarme –dijo él.

Salió de la cama, tomó una bebida y Maggie le observó ponerse la túnica y el cinturón. No dijo nada.

Ilyas tampoco.

Caminó por los corredores y salió al desierto. El viento había amainado, pero había dejado un caos a su paso y vio unas tiendas pequeñas derribadas. Uno de los empleados estaba reuniendo los caballos que se habían soltado. Ilyas no quería imaginar el caos que habría en la ciudad.

Quería volver a la cama. Por primera vez en su vida quería dar la espalda a las muchas cosas que tenía que hacer. Pero lo habían educado para pensar en el deber ante todo. Primero rezó y luego llamó al palacio para ver cómo estaba su gente.

–Le necesitan aquí –le dijo Mahmoud–. Hay muchos daños y hay personas desaparecidas.

Y eso no podía esperar a mediodía.

–¿Ha hablado con Hazin sobre las amenazas? –preguntó.

–Sí.

—¿Y?

—Me ha pedido que cedamos al chantaje.

—¿Hazin ha dicho eso? —preguntó Ilyas, sorprendido. Estaba seguro de que no habría vídeos—. ¿Qué dijo exactamente?

Pero Mahmoud señaló que aquello no se debía hablar por teléfono.

—Será mucho mejor hablarlo cara a cara.

Mientras Ilyas rezaba, Maggie volvió a su zona para lavarse. Sonrió a la doncella que la esperaba cuando entró.

En la cama había una túnica lila y la doncella le cepilló y recogió el pelo.

—Gracias —musitó Maggie.

Cuando se quedó sola, pensó en lo ocurrido durante la noche, no tanto en el sexo como en todo lo que le había contado.

Todo lo que habían compartido.

Oyó sonido de campanillas y supo por el ruido de los pasos que era él.

No se volvió, sabía que llevaba malas noticias y permaneció mirándose en el espejo.

—Nos envían el helicóptero ahora —dijo él.

—Creía que teníamos toda la mañana.

—La tormenta ha causado muchos daños.

—No me imagino volviendo al hostal —admitió ella, cuando se volvió por fin a mirarlo.

—No iremos allí —repuso él, pero su voz sonó dura—. Te llevo al palacio conmigo. Pero primero tenemos que hablar de lo que ocurrió entre Hazin y tú.

–¿Es que todavía no me crees? –Maggie frunció el ceño–. ¿Sigues pensando que hay un vídeo que va a salir a la luz?

–Tienes que contarme lo que ocurrió.

Maggie empezaba a enfadarse.

–No me acosté con tu hermano. ¿O crees que fingí la sangre en el muslo...?

–Sé que no te acostaste con él –repuso Ilyas, cortante–. Pero hay otros modos de dar placer y supongo que si enviaron a una virgen a engatusarlo...

Maggie intentó abofetearlo, pero él le agarró la mano.

–No te recomiendo que pegues al príncipe heredero –le advirtió, apretándole la muñeca con fuerza.

Ella entonces lo abofeteó con la otra mano.

Él no se inmutó. Fue ella la que se encogió cuando oyó el sonido que producía la bofetada.

–¿Vas a seguir así? –preguntó él.

–No –repuso ella, nerviosa de pronto.

–Bien. Yo no te voy a hacer daño –dijo él. Le soltó la muñeca–. Maggie, ¿qué ocurrió en ese camarote? ¿Qué es lo que no puedes decirme?

–Estuvimos hablando –Maggie se encogió de hombros–. De sentimientos.

–Eso no me lo creo. Hazin no habla de esas cosas.

–¡A lo mejor él no es un desierto emocional como tú! –gritó Maggie.

–¿Qué te dijo? –preguntó Ilyas, sin alzar la voz–. Tienes que contármelo para que pueda lidiar con el problema.

–Yo le dije que estaba triste porque era el aniversario de la muerte de mi madre y él se abrió y...

–¡Por favor! –Ilyas movió la cabeza–. Mi hermano no se deja afectar por historias lacrimógenas.

–Eso es cierto –replicó Maggie con furia–. Y resultó más bien refrescante. Me dijo que estaba mejor sin familia –decidió que había terminado de encubrir a otras personas–. Dijo que esperaba que su padre lo desheredara.

Ilyas guardó silencio. Entendía ya por qué Hazin no quería que las cintas vieran la luz, pero Maggie no había terminado de hurgar en la herida.

–Y no le conté una historia lacrimógena. Solo le dije que tenía un mal día y él dijo que lo entendía y que odiaba los aniversarios...

–¡Basta! –gritó Ilyas.

Había insistido en saber la verdad, pero ahora que estaba a punto de conseguirlo, de pronto ya no quería oírla.

–Prepárate –dijo–. El helicóptero llegará pronto.

Pero Maggie ya no quería guardar silencio, así que lo agarró por la túnica.

–Hazin me habló de su esposa –dijo.

Capítulo 9

QUE HAZIN hubiera hablado a Maggie de su difunta esposa dejó a Ilyas estupefacto. Sabía que su hermano no hablaba nunca de sentimientos y menos de su esposa.

Nunca.

La muerte de Petra había sido una tragedia, pero casi nunca habían hablado de ella en los años transcurridos desde entonces. Y mientras Ilyas se esforzaba por evitar que desheredaran a su hermano, por lo que decía Maggie, Hazin buscaba activamente perder su título.

—¿Te habló de Petra?

Maggie asintió.

—¿Qué te dijo?

—Me dijo que murió hace casi diez años. Dijo que hay una planta nueva en el hospital que lleva su nombre, que se inaugurará pronto y él tiene que dar un discurso y no quiere hacerlo.

—¿Qué más?

—Ilyas —Maggie negó con la cabeza—. No te voy a contar todo lo que hablamos.

—Te lo pido.

—¡No! Tú quieres que traicione la confianza de Hazin.

–Tu conversación con mi hermano fue muy íntima.

–Sí, pero no fue una charla de almohada.

–Somos amantes –dijo Ilyas–. Puedes decírmelo.

–Hemos sido amantes –corrigió Maggie–. Una vez.

–Venga, Maggie –la voz de él denotaba un poco de la inquietud que le producía ese tema–. Los dos sabemos que parecía algo más que una aventura de una noche.

Maggie pensó que era cruel por parte de él jugar esa carta. Era cruel buscar confidencias y conversaciones íntimas cuando él mismo decía que no podía haber nada más que sexo.

–Si ser amantes una noche te da pleno acceso a mí, yo merezco lo mismo. Dime, ¿por qué, si te parecía algo más que una aventura de una noche, me dejas que me marche sin más?

Él la miró, y por un peligroso momento, consideró decirle la verdadera razón por la que nunca podrían ser pareja.

La verdadera razón por la que había elegido no buscar una relación ni casarse.

Pero no lo hizo.

Había aprendido hacía mucho a no contarle a nadie los planes que había hecho. Ni a los ancianos ni a sus consejeros, ni siquiera a su hermano, que era el siguiente en la línea al trono.

Era más seguro así.

–Pero no te dejo marchar –repuso–. Volverás al palacio conmigo. Quiero hablar con Mahmoud y con Hazin antes de dejarte libre.

Sus palabras cayeron sobre ella como bloques de hielo.

—Acabas de hacerlo.

Ilyas frunció el ceño.

—No comprendo.

—Acabas de dejarme libre. Por un rato olvidé que era tu prisionera, pero gracias por recordármelo.

Haciendo el amor con él y yaciendo luego en sus brazos, había conseguido apartar de su mente el método por el cual había llegado allí.

—No volveré a olvidarlo —dijo.

Independientemente de los medios por los que había llegado, seguía costándole mucho marcharse.

Maggie miró por última vez la zona de dormir en la que había pasado las primeras horas asustada y salió a la zona de estar donde habían hecho el amor.

Pero ahora había rabia en el aire y le dolía marcharse así.

—Tenemos que irnos —dijo Ilyas.

Maggie recordó la amabilidad de las doncellas y quiso darles las gracias antes de partir.

Los dos guardaron silencio durante el vuelo hasta el palacio.

Maggie miraba por la ventanilla y deseaba que el desierto no acabara nunca, pero terminó. Los pocos árboles se fueron haciendo más frecuentes y luego apareció un edificio y vio caballos pastando en los campos.

Y después más edificios.

Miró a Ilyas y este le devolvió la mirada.

Intentaba comprenderla. Era la mujer más compleja que había conocido. La persona más compleja. Hablaba con doncellas y con príncipes dolientes. Bailaba sin saber. Reía pero no lloraba nunca, a pesar del manto de tristeza que llevaba sobre los hombros.

Ilyas nunca había anhelado intimidad con alguien. Ahora, sin embargo, tenía planes que nadie conocía y se sorprendía pensando en compartirlos con ella.

¡No!

Apartó la vista de los espectaculares ojos verdes de ella y vio que se acercaban al palacio.

—Hemos llegado —dijo.

Desembarcó el primero y echó a andar. Maggie casi tuvo que correr para no quedarse atrás. Lo siguió por un puente muy adornado y en el otro extremo había una puerta abierta.

Ilyas miró impaciente a su alrededor, quería que llegaran empleados, pues deseaba perder a Maggie de vista por el momento.

—Tengo que seguir —le dijo—. Enseguida vendrá alguien a ocuparse de ti.

—¿Me vas a dejar aquí?

—¿Esperas que me quede aquí tomándote de la mano?

—Espero buenos modales —dijo ella.

¡Qué mujer tan imposible! Los buenos modales era lo último que tenía él en la cabeza. Quería besarla, quería llevársela a la cama.

Pero tenía un país que gobernar.

Se volvió al oír pasos y Maggie vio acercarse a una mujer alta. Llevaba el pelo moreno recogido en alto y tenía un aire muy oficial.

Y enfadado.

Dijo algo en árabe y Maggie adivinó que preguntaba quién era ella, pues Ilyas respondió dándole su nombre.

—Maggie Delaney.

La mujer habló con enfado varios momentos, hasta que Ilyas la interrumpió.

—Maggie es una invitada del palacio.

Habló en inglés y seguramente le pidió a la mujer que hiciera lo mismo, pues ella miró a Maggie de arriba abajo y se encogió de hombros.

—Pues tu invitada tendrá que divertirse sola —dijo con brusquedad—. Tienes que ir a ver al rey inmediatamente.

La mujer se alejó.

—¿Todas tus empleadas son tan amables? —preguntó Maggie.

—Esa era mi madre, la reina.

—¿Tu madre? —la mujer había hablado a su hijo con la misma frialdad que a ella. Miró a Ilyas—. No soy una invitada —le recordó—. Creo que sigo retenida contra mi voluntad.

—No —él la miró a los ojos—. Eres mi invitada.

—¿O sea que crees que entre Hazin y yo no pasó nada aparte de una conversación?

Él no contestó. La creía, pero ya no importaba lo que hubiera ocurrido. Nada de lo que Hazin hubiera podido hacer o decir presentaba un peligro mayor para la monarquía que la mujer que tenía delante.

Entendía de pronto que su hermano quisiera que lo desheredaran, pues a él también le parecía muy buena idea en ese momento.

Pero llevaba el deber tan incrustado dentro, que se necesitaba algo más que un sentimiento para obligarle a dejarlo todo.

—Tengo trabajo —le dijo—. Al parecer, unos turistas se quedaron atrapados en el desierto con el *simoom*. Eso ha causado un incidente internacional.

—¡Oh, no!

Sí. Y fue tu operador turístico el del problema. Los demás escucharon las advertencias y cancelaron las excursiones.

—¿Hay algún herido?

—No, consiguieron refugiarse y esperar. Ya han sido trasladados a un hotel, al que ha ido la prensa. Parece ser que no tenían comida y solo poca agua —la miró—. Tuviste suerte después de todo.

—No estoy tan segura —repuso Maggie. Pero entonces miró al hombre con el que había pasado la noche más memorable de su vida—. ¿Volveré a verte? —preguntó.

Ilyas la miró.

—Iré a despedirme por la mañana —dijo—. Hoy estaré muy ocupado. Seguramente trabajaré hasta después de medianoche.

Entonces se acercó un hombre de aspecto muy distinguido.

—Alteza.

Era mucho más amable de lo que había sido la reina y, al ver a Maggie, habló en inglés. Se presentó como Mahmoud, el consejero del rey y le dijo a Ilyas que el rey estaba considerando hablar con algunos líderes y diplomáticos del tema de los testigos.

–Creo que sería mucho más beneficioso si fuera usted el que...

–Por supuesto –repuso Ilyas–. ¿Me deja un momento?

El hombre hizo una reverencia y se alejó.

–Cuidarán de ti –dijo Ilyas a Maggie–. Tienes una suite en el lado oeste y he pedido que se ocupe Kumu de ti. Habla inglés. Pero si prefieres volver al hostal, lo entenderé.

–¿Soy libre de irme?

–Sí.

–En ese caso –Maggie sonrió, contenta de tener la elección de marcharse y también el lujo de quedarse–, puede que me quede.

Kumu, una doncella amable y cálida, la llevó a una suite impresionante, con una zona de estar formal y un dormitorio grande con puertas de cristal que daban a una terraza con vistas al desierto del que acababa de llegar.

Sus pertenencias del hostal estaban ya allí y las habían lavado. Su ropa, que había visto días mejores después de tanto viaje y mochila, estaba ahora planchada y colgada.

–Esta noche le haré el equipaje –dijo Kumu–. ¿Quiere llevar una túnica para el vuelo a casa?

Maggie se disponía a rehusar, cuando Kumu añadió:

–Su Alteza Real vendrá a despedirse por la mañana.

–Una túnica estaría muy bien –asintió Maggie.

De hecho, le encantaba saber que tendría algo que le recordaría su estancia allí.

Aunque, ¿cómo podría olvidarla alguna vez?

Si existía algo como un final perfecto a unas vacaciones, Maggie estaba segura de haberlo encontrado.

Después de un almuerzo ligero, le mostraron el palacio. Lo había visto desde el avión y al acercarse desde el desierto, pero nada la había preparado para su belleza interior.

Kumu le explicó que era una miniciudad en sí mismo. Le mostró jardines espectaculares, exuberantes de flores y fuentes, y complejos modernos de oficinas y cocinas, aunque las había separadas para los empleados y la familia real.

–Y los invitados –Kumu sonrió–. Esta noche elegirá del mismo menú que la reina.

–¿La familia real viene a esta zona? –preguntó Maggie.

–No mucho, no.

Salieron del complejo de las cocinas y pasaron al puente elaborado que había cruzado con Ilyas.

–Desde aquí se ven los aviones privados de la familia –señaló Kumu–. El palacio tiene una pista propia y una zona de aterrizaje. Aquí se puede ver a alguien de la familia volviendo de un viaje al extranjero. Venga, le mostraré la entrada principal donde se recibe a los dignatarios.

Aquella entrada también era espectacular.

Las flores, de más cerca, resultaron ser joyas. Y los ruiseñores que bebían el néctar eran oro con rubíes y esmeraldas incrustados.

Maggie vio columnas de mármol gigantes y techos tan altos que tenía que echar la cabeza hacia atrás del todo para verlos. Permaneció unos momentos así, admirada. El arte en el techo era tan espectacular como si Miguel Ángel hubiera pasado su vida allí en Zayrinia.

–Venga a ver los retratos –dijo Kumu. Y Maggie se encontró ante un retrato enorme de un hombre de aspecto muy severo y su esposa.

La reina era más joven en el retrato que la mujer que había visto Maggie, pero aunque hermosa, había la misma frialdad en sus ojos.

Había otro retrato de ellos con sus hijos. Ilyas debía de tener once o doce años, pero parecía muy serio. Hazin también aparecía rígido y formal, tan serio como su hermano.

A Maggie se le oprimió la garganta al ver el retrato siguiente, que mostraba al joven Hazin con su novia.

–Era muy hermosa –dijo.

–Y buena –Kumu suspiró–. Siempre nos sonreía y nos daba las gracias.

Maggie la miró, vio que tenía lágrimas en los ojos y sospechó que las sonrisas y las gracias no eran algo que abundara en el palacio.

–¡La princesa Petra era tan feliz el día de su boda! –dijo Kumu–. ¡Amaba tanto a Hazin!

Siguieron andando.

—Y aquí está nuestro futuro rey —dijo Kumu con orgullo, delante de un retrato formal de Ilyas.

A Maggie se le oprimió el corazón al ver una faceta de él que no había visto antes. En su brazo había un halcón y vestía como un guerrero.

—Aquí el príncipe heredero lleva el traje tradicional de los al-Razim, pero el fondo es menos formal porque adora el desierto y es muy diestro con los halcones.

Ilyas vestía de negro, con una espada pesada al costado y un *kafeyah* negro atado con un cordón de plata. Estaba imponente y Maggie comprendió por primera vez hasta qué punto era inalcanzable.

A continuación Kumu le mostró los bancos de piedra en los que se habían sentado los antepasados cuando se habían reunido para discutir el gobierno de aquella hermosa tierra.

—¿Y hay un *hamman* debajo? —preguntó Maggie, que no se atrevía a preguntar directamente por el harén.

—Sí, y es muy hermoso. Usted irá allí esta tarde.

—¿De verdad?

—Por supuesto. A todos nuestros invitados les gusta visitarlo —dijo Kumu—. Allí puede dejarse mimar en preparación para el viaje a casa. Yo vendré a buscarla a las cuatro, si le parece bien.

—Muy bien.

A Maggie le habían dicho que se pusiera solo la toalla que le habían dejado preparada, pero ella se puso también el bikini y aun así se sentía desnuda.

–¿No debería cubrirme más? –preguntó cuando llegó Kumu a recogerla.

–¿Por qué? –la doncella soltó una risita–. No tiene que pasear por el palacio –abrió una puerta que Maggie había asumido que sería un armario y aparecieron unos escalones–. Usted está en el ala oeste, así que tiene su propio acceso –explicó Kumu–. El *hammam* es para mujeres.

–Entiendo –dijo Maggie.

Pero no era verdad, pues Ilyas le había dicho que él iba a menudo allí y Kumu había dicho que a todos los invitados les gustaba ir.

Supuso que habría zonas separadas para hombres y mujeres y también que la familia real tendría una zona propia, igual que en el palacio.

Siguió a Kumu por una serie de escaleras y corredores decorados con intrincados azulejos de los que solo distinguía que eran azules.

Entró en una zona donde esperaban varias mujeres. Todas llevaban batas de color crema y Kumu le explicó que las doncellas estaban allí para ocuparse de ella.

–¿De mí sola?

–Sí –Kumu sonrió–. Disfrútelo.

A Maggie le resultó extrañamente liberador saber que no había nadie más. Y aunque las doncellas se rieron cuando se aferró al bikini, no se mostraron desagradables y al final Maggie terminó por quitárselo y se tumbó.

Al principio se sentía incómoda, pero las mujeres charlaban entre ellas mientras la frotaban con sal. A veces practicaban un poco inglés y le preguntaban qué tal estaba.

Y Maggie empezó a sentirse cada vez mejor.

El *hammam* obró su magia y permaneció tumbada allí con los ojos cerrados y pensando en las historias alrededor de la hoguera. Casi no podía creer que estuviera allí, en una parte de Zayrinia que pocos sabían que existía.

Le masajearon la cabeza con aceite y la depilaron con una especie de cera, aunque las mujeres eran mucho más diestras de lo que había sido ella en sus pocos intentos anteriores.

La exfoliaron y lavaron y hasta le depilaron las cejas.

Después de haberle frotado el cuerpo de la cabeza a los pies, la llevaron a una zona pequeña y le dijeron que se aclarara debajo de un chorro de agua.

No estaba ni caliente ni fría y Maggie permaneció allí un buen rato, disfrutando de la experiencia. Pero cuando volvía, se despistó un poco. Todos los túneles parecían iguales y entró en uno que no conocía, pues los azulejos ya no eran azules, sino de un rojo intenso, y los dibujos más delicados.

Si antes había creído estar ya en el cielo, aquel sitio era de verdad un paraíso.

La velas despedían olores y el aire estaba muy perfumado. Miró de nuevo los azulejos y se dio cuenta de que en realidad eran murales espectaculares. Los miró mejor y se ruborizó, pues mostraban docenas de mujeres hermosas desnudas de pelo largo y solo un hombre.

Apartó la vista de las imágenes y vio que había

fuentecillas en las paredes. Al mojar los dedos en una, descubrió que estaban llenas de aceite.

Inhaló la fragancia sensual de sus dedos y volvió a mirar las imágenes. De pronto oyó risas detrás de ella. Bajó la vista al túnel iluminado por velas, vio un brillo de luz suave y adivinó que al final de ese pasillo estaba el harén.

Alzó la vista y vio un cordón grueso de terciopelo, como el del desierto, y la hilera familiar de campanillas que recorría el pasillo.

Se volvió y corrió hacia la zona de azulejos azules, donde tropezó con una de las doncellas, que pareció preocupada al ver de dónde salía.

—No es para usted —la riñó, moviendo un dedo.

—Me he perdido —Maggie se ruborizó y pidió disculpas.

La sentaron en un sillón y le pintaron las uñas de un hermoso tono coral. Las doncellas reían y charlaban y ella adivinó que hablaban de su desvío.

—Me he equivocado al dar un giro —dijo.

—Hay cosas que usted no debería ver nunca —la doncella le sonrió.

Y luego, después de horas de mimos, se terminó el *spa* y Kumu volvió a buscarla para acompañarla a su habitación.

Por el camino le dijo que estaba casada y tenía una hija y que su esposo trabajaba también en el palacio.

—¿Le gusta trabajar aquí? —preguntó Maggie.

Kumu se puso tensa y tardó un poco en contestar.

—Por supuesto —dijo con rigidez—. Me encanta trabajar.

Era una respuesta evasiva y Maggie se arrepintió de haber preguntado. Por supuesto, la mujer no podía contestar con sinceridad.

–Ahora la dejo –dijo la doncella–. Dormirá bien después de su sesión en el *hammam*. Vendré a despertarla temprano para que llegue al aeropuerto con tiempo de sobra.

–Gracias –dijo Maggie–. Ha sido un día maravilloso.

Estaba cansada, pero después de cenar, cuando ya no tenía que hacer nada más excepto descansar, descubrió que no podía dormir.

Salió a la terraza y contempló una puesta de sol espectacular, una bola enorme naranja tragada por la arena. Al fin empezaron a salir estrellas en el cielo de Zayrinia.

No solo estrellas sino también, a medida que se oscurecía el cielo, constelaciones e incluso galaxias, un remolino neblinoso verde musgo, dorado y lila.

Apenas soplaba el viento y el cielo parecía inmóvil. Aunque empezaba a hacer frío, a Maggie no le importó. Cuando por fin miró la hora, era más de medianoche.

Kumu iría a despertarla en pocas horas. Se tumbó en la cama, pero seguía sin poder dormir. La pulsión del deseo la hizo salir de la cama.

Se puso el bikini y se maravilló de la suavidad de su piel después de la sesión de esa tarde en el *hammam*. Se cubrió con una toalla.

Sabía que no debía intentar buscar a Ilyas, pero decidió que, si la pillaban, diría que había decidido ir a nadar un rato.

Pero, cuando recorría el laberinto antiguo que había debajo del palacio, pensó que había otra razón por la que no debería aventurarse por allí.

Tal vez no le gustara lo que se encontrara al llegar.

Capítulo 10

LOS TÚNELES estaban iluminados por velas, pero ella se guiaba por el sonido del agua. Pasó la zona donde la habían mimado ese día y siguió lo mejor que pudo el camino hasta el chorro donde se había aclarado.

Después de eso ya no se guiaba por el recuerdo ni por el ruido del agua, sino por la fragancia sensual del agua y el sonido de la música mezclada con risas de mujeres, que indicaba que se acercaba a la parte prohibida del *hammam*.

Y entones los mosaicos azules dieron paso a los rojos y entró en el pasillo prohibido.

Las risas y las conversaciones se iban apagando a medida que caminaba en dirección contraria a ellas.

Miró el cordón que recorría el pasillo y se preguntó si él habría pedido ya una mujer para la noche.

O varias.

Se detuvo ante una de las fuentecillas y esa vez se frotó el aceite en el cuello y el pecho, sin saber muy bien si era eso lo que hacían.

Decidió que no. Que el aceite debía de ser para el sexo. Algunas mujeres llegarían ante él aceitadas y listas. Ella no haría eso. En su lugar, se envolvió mejor la toalla en torno al cuerpo.

Sabía que no debería aventurarse más allá. Se moriría si lo encontraba haciendo el amor con esas mujeres hermosas y experimentadas.

Si siguió adelante, no fue por masoquismo, sino por la esperanza pura y desesperada de verlo una vez más.

De conocerlo solo un poco más.

Llegó al final del pasillo y se aplastó contra la pared para esconderse en las sombras. Se asomó con cautela.

Había un estanque profundo y del agua, en contraste con la noche fría, salía vapor. En una de las paredes había una fuente. Los guías habían acertado. El estanque que había en su base resplandecía con un color rojo.

Y entonces vio la razón por la que estaba allí y se le oprimió la garganta.

Al lado de la fuente misteriosa, en un banco de piedra tallado en la pared estaba tumbado Ilyas, apoyado sobre un brazo.

Su parte superior estaba desnuda, pero en la mitad inferior vestía unos pantalones de seda negra bajos en las caderas. Maggie recorrió con la vista desde su hermoso rostro cincelado hasta sus pies descalzos.

Se alegró de que estuviera solo y agradeció haber tenido ese momento. Lo recordaría así.

—Llegas tarde —dijo la voz profunda de él.

Maggie salió de las sombras.

—¿Cómo sabías que vendría? —preguntó.

–No lo sabía –respondió él–. Lo esperaba.

La llamó con el dedo. Maggie anduvo unos pasos y se detuvo al lado del estanque.

–¿Y si viene alguien? –preguntó.

–No se atreverían sin que yo llamara.

Sonrió y Maggie reunió valor y terminó de acercarse.

Se quitó la toalla y, cuando cayó al suelo, Ilyas vio que llevaba el mismo bikini que en las fotos.

–Ven aquí –le dijo, esa vez con más impaciencia.

Ella no obedeció.

Él se levantó y se quitó los pantalones. Verlo desnudo la ponía nerviosa, pero de un modo delicioso. Estaba excitado y su espectacular cuerpo se veía listo para la acción. Maggie tenía la sensación de que una mano se había introducido en su estómago y apretaba con fuerza. Sus pulmones no parecían inhalar el aire frío de la noche.

Se miraron desde extremos opuestos del estanque y como Maggie seguía sin dar muestras de acercarse, Ilyas se hundió en el estanque y nadó hacia ella.

Se levantó en el borde, con la superficie del agua acariciando su pecho en olas pequeñas. Maggie se preguntó si saldría del estanque o tiraría del tobillo de ella.

Ninguna de las dos cosas.

Se sentía engañada ahora que el agua la privaba de ver su hermoso cuerpo. Una ola de confianza le hizo aceptar que ya no podía mostrarse tímida con él.

Llevó las manos atrás y se desabrochó el sujetador del bikini. Le gustó la mirada alerta de los ojos de él en su cuerpo y el calor de impaciencia tensa que trascendía en el aire fresco de la noche.

A continuación se quitó la parte de abajo del bikini y dio un paso para reunirse con él en el estanque.

—¡Quédate ahí un momento! —dijo él, pues quería captar su belleza desnuda y recordar siempre aquella visión.

Maggie se mordió el labio inferior como si se esforzara por no tocarse. Le dolían los pechos y su sexo tierno palpitaba de deseo.

Ilyas la miró un momento hasta que ya no pudo resistirse más. Extendió las manos y ella se metió en el agua sin decir palabra.

El agua estaba deliciosa, cálida, incluso un poco caliente. Su pie encontró brevemente el suelo de piedra, pero él la esperaba y la acercó hacia sí. Ella perdió pie cuando dejó de tener suelo firme debajo, solo la sensación de Ilyas y el roce de sus pieles desnudas.

El velo del agua guardaba su secreto y Maggie apoyó la cabeza en el hombro de él y cerró los ojos. Estaba sensible de la noche anterior y, cuando la penetró, fue casi tan doloroso como la primera vez. Apretó los dientes en el hombro de él y saboreó sal con la lengua. Mordió un poco y enseguida eran ya uno solo.

Sus besos eran lentos cuando él se movió dentro de ella.

—Tu sitio está aquí, Maggie —dijo.

Y ella tenía la misma sensación.

Sentía la cabeza demasiado pesada para el cuello y cuando estiró este, él la besó allí, moviéndose cada vez más deprisa dentro de ella.

Sus dedos buscaron el clítoris. Ambos se miraban a los ojos, leyendo las llamas de su deseo y el calor de la pasión intensa que los devoraba.

Ella unió las manos detrás de la cabeza de él y movió las caderas con movimientos seductores y lentos. Él apretó los labios combatiendo el impulso de embestir con fuerza y terminar aquella unión compleja, pues aquello era más que sexo y no podía apartar los ojos de los de ella.

Sus pechos apretaban el torso de él y el calor que eso le producía la dejaba resbaladiza y ayudaba a que se moviera con facilidad. Se sentía tan fluida como el agua, tan abierta a la sensación que, cuando él cambió el ritmo de las embestidas, ella simplemente le entregó su cuerpo.

Él la poseía con precisión. Miró cómo abría la boca y cómo se tensaban los músculos de su cuello cuando la poseía más deprisa. A ella le temblaban los muslos cuando rodeó las caderas de él con las piernas. Sintió la última embestida y llegó también al clímax con un sollozo. Lo apretó con fuerza cuando él depositaba sus preciosas gotas dentro de ella.

Apoyó la cabeza en el hombro de él, satisfecha pero triste porque aquello había terminado.

–Vamos –dijo él. Pero no la bajó, sino que la llevó en brazos para sentarla en el borde de la piscina. Ella lo observó salir del agua.

–Vamos al saliente.

Ilyas le había hablado de aquel lugar. Le había dicho que era su sitio preferido y que nadie más podía estar allí. Maggie casi sentía miedo de que le mostrara más de su mundo.

Porque tenía miedo de lo que eso significaba, de cómo se sentiría cuando tuviera que irse.

Pero, por supuesto, dijo que sí.

Capítulo 11

CAMINARON de la mano.

Él extendió unas alfombras ornamentadas, se tumbaron en ellas y él tapó a ambos con otra alfombra. Miraron la magnificencia del cielo tumbados en el saliente.

Ilyas pensó que la vista nunca había sido más hermosa que aquella noche. Era casi como si hubieran sacado brillo a todas las estrellas en honor a Maggie.

—Me alegro de que puedas verlo así –dijo.

—Yo también –contestó ella.

Miró el exquisito cielo y se alegró de haber sido valiente y haber aceptado.

Valiente, sí, porque Ilyas tenía muchas facetas y ella estaba atrapada entre el deseo de conocerlo más y saber que tenían que separarse pronto.

—¿Con cuánta frecuencia vienes aquí? –preguntó.

—Normalmente cuando no hay luna, o una luna nueva como esta. Así es más fácil ver estrellas.

Ella no quería preguntar eso, sino con cuanta frecuencia iba al *hammam*, pero se alegró de que él hubiera malinterpretado la pregunta porque, bien mirado, no quería saber la respuesta.

Ilyas no había malinterpretado la pregunta, pero

no quería decirle la verdad, que pasaba allí casi todas las noches. Y tampoco quería mentir.

Ella se incorporó un poco y miró el lugar donde habían estado.

—¿Rubíes? —preguntó. Acababa de descifrar el verdadero secreto del río rojo.

Ilyas asintió.

—¿O sea que no hubo un príncipe que perdió la cabeza por...?

—Lo hubo —contestó Ilyas. Y supo que, si no iba con cuidado, podía haber otro. La estrechó contra sí—. Su amante quería un collar hecho de rubíes. Por supuesto, él le dio uno, pero ella insistió en que fueran rubíes del estanque de la cueva. Más aún, insistió en que los recogiera él. El estanque es profundo.

Maggie adoraba estar en sus brazos y escuchar historias narradas con la voz rica y profunda de él.

—Le advirtieron del peligro, pero a él ya no le importaba nada de lo que le decían. Su único objetivo era complacerla y se sumergió una y otra vez hasta que estuvo agotado y débil y murió.

—Parece que ella era muy exigente —comentó Maggie.

Ilyas sonrió.

—En consecuencia, si el príncipe heredero desea elegir esposa personalmente, tiene que bucear ahí o aceptar la elección de los ancianos de palacio y del rey. Solo un tonto arriesgaría su vida por amor.

—Supongo —Maggie suspiró—. ¿Hazin buceó por Petra?

—Él no es príncipe heredero.

—¿Pero lo hizo?

—No quiero hablar de eso.

Maggie respiró hondo. Había muchos temas tabú.

—¿Sigues pensando que hubo algo entre él y yo?

—Sé que no hubo nada —repuso Ilyas—. Te creí o no habríamos...

Se detuvo, porque había estado a punto de decir «hecho el amor». En vez de eso, le contó lo que había ocurrido ese día.

—Mahmoud está muerto de miedo. He intentado hablar con Hazin pero se ha escondido. A la hora del almuerzo ha llegado otra amenaza.

—¿De Suzanne?

—Eso parece. Dice que los vídeos serán hechos públicos a mediodía y ha entrado en algunos detalles bastante salaces —sonrió cuando Maggie frunció el ceño—. Me preocupaba, y creo que a Hazin también, que hubieran grabado vuestra conversación. Si ese fuera el caso, podría haber considerado ceder a sus exigencias. Sin embargo, tú y yo sabemos que no ocurrió nada inapropiado y está claro que no han grabado voces o estarían usándolas ya en el chantaje. Han revisado el yate y parece ser que pudieron colocar una cámara encima de la cama, pero sin sonido. Deben de ser unas horas de imágenes bastante aburridas...

Rieron los dos y ese sonido le pareció a Maggie el más hermoso que había oído jamás.

—Yo estaba sentada en la silla del escritorio y Hazin tumbado en la cama.

Era divertido imaginar a Suzanne y sus cómplices mesándose los cabellos por lo aburrido de las cintas.

Enseguida dejaron de reír. La noche se evaporaba rápidamente.

—Quédate —dijo Ilyas.

Maggie tragó saliva.

—¿Cuánto tiempo?

Él no contestó y ella sacó su propia conclusión.

—Hasta que te canses de mí.

—No he dicho eso —repuso él. Pero ella se soltó de su abrazo y se sentó.

—Pero lo harás.

Le había pasado demasiadas veces en su vida para no creer que le pasaría también esa, pero Ilyas negó que fuera a ser así.

—Estarías muy bien cuidada —le dijo.

Maggie miró el cordón de terciopelo que colgaba encima de ellos.

—Yo no respondo a las campanillas —dijo.

—Pues enviaría a Kumu a buscarte.

La respuesta de él era muy equivocada, pero muy reveladora. Claramente, ella no estaría en su cama, solo la llamaría cuando lo deseara. No sería una relación, sería sexo y sería en los términos de él.

—¿Y si no te cansas de mí? —preguntó.

—Maggie —Ilyas movió la cabeza. No quería entrar en eso, pero ella insistió.

—No, contesta. ¿Y si dentro de un año seguimos sentados bajo las estrellas y sintiendo lo mismo que ahora?

Él no contestó y ella se alegró de ello. A diferencia de la familia de acogida que le había roto el corazón, él no hacía promesas que no tenía intención de cumplir.

–¿Alguna vez podremos ser algo más que esto? –preguntó ella–. ¿Más que solo amantes?

Ilyas nunca había considerado tener más que aquello. Era un lobo solitario. Sí, se casaría, pero scría para engendrar un heredero. Desde luego, la relación amorosa a la que aludía ella no entraba en sus planes, así que contestó con sinceridad.

–No.

No lo endulzó ni mintió y Maggie lo admiró por eso. Le habían mentido tantas veces en su vida que las promesas significaban poco para ella.

Miró el cielo, que cambiaba rápidamente. Las estrellas desaparecían como luces que se apagaran una por una al vaciar un edificio. Sabía que era hora de irse.

–Tengo que volver. Kumu vendrá a buscarme pronto.

–Todavía no –dijo él, que quería volver a poseerla.

Pero ella esquivó su beso y se soltó de su abrazo.

–¡Maggie! –llamó él.

Ella volvió al estanque y empezó a recoger sus cosas.

–Quédate –repitió él–. Aunque sean solo unos días. Te sacaré billete en otro vuelo.

–Quiero ese vuelo –dijo ella–. Ese lo pagó mi madre.

–Eres una sentimental.

–Sí –Maggie se puso el bikini–. Y me gusta serlo –miró al hombre que no entendía las cosas pequeñas que hacían latir su corazón–. Me voy a casa hoy porque tú crees que puedes enviar a una doncella a llamar a mi puerta porque quieres sexo. Esta conversación es inútil.

—¿Qué quieres? —preguntó él—. Te he dicho que no puede haber matrimonio, mi padre jamás...

—¿Crees que quiero casarme contigo solo para darte un heredero? No, Ilyas. Quiero que seamos compañeros y quiero conversación. Una relación. Pero tú no haces eso.

—Ahora estamos hablando —replicó él.

—Me refiero a conversar de verdad. Tú estás dispuesto a escuchar lo que yo te cuento, pero me dices muy poco de ti.

—Eso no es verdad —repuso Ilyas, que había compartido con ella cosas que nunca había hablado con nadie.

—Hablemos de tu hermano, pues —Maggie se echó el pelo hacia atrás—. Venga.

—Déjalo.

—O podemos hablar de Petra.

—¡Maggie!

—Vale, demasiado personal. ¿Y de lo que vas a hacer hoy?

—Por la mañana tengo reuniones.

—¿Sobre qué?

—Cosas que no te interesan —Ilyas no estaba acostumbrado a compartir y no sabía hacerlo.

—¿Y qué haré si me quedo?

—Ya te lo he dicho, te cuidarán de maravilla.

—Quieres decir que pasaría los días en el *hammam* preparándome para cuando quisieras tener sexo conmigo.

—¿Y qué tiene eso de malo?

Maggie se dio cuenta de que él hablaba en serio.

—Tendría que haber reservado la bofetada para ahora —dijo.

Pero su rabia no iba dirigida contra él sino contra sí misma. Porque la idea de ser su amante y vivir en el lujo la tentaba y estaba peligrosamente cerca de aceptar.

Se dispuso a alejarse, pero Ilyas la siguió y la agarró de la muñeca.

—No hemos terminado —dijo.

—Sí hemos terminado —replicó ella.

Se odiaba a sí misma. La lujuria la retenía con más fuerza que la mano que le agarraba la muñeca, pero fue él el que empezó a besarla.

Fue un beso persuasivo, y tan intenso, que la empujó hacia atrás hasta que su espalda chocó con la pared de piedra.

No había ni un centímetro de ella que no lo deseara cuando sus lenguas se unieron. Maggie quería el beso y quería el tirón con el que las manos de él retiraron el bikini que acababa de ponerse.

Pero aunque su cuerpo lo anhelaba, y quizá lo anhelaría siempre, hacía tiempo que había aprendido a proteger su corazón y sabía que eso solo serviría para hacerle más daño.

—Tengo que irme.

—Aún no.

A Maggie le costó mucho, pero lo apartó. Se miraron con la respiración jadeante. Sería mucho más fácil ceder, pues sus cuerpos ardían de deseo. Él vio su mirada y llevó una mano a la nuca de ella.

Maggie estaban tan mareada de deseo que quería dejarse caer de rodillas.

—¿Quieres sexo? —preguntó. Y se lamió los labios de un modo seductor.

—Por supuesto que sí.

—Muy bien —dijo ella.

Pero en lugar de bajar la cabeza, levantó el brazo y tiró de la cuerda. Oyó el sonido de campanillas y sonrió a Ilyas al tiempo que le acariciaba la erección.

—Enseguida vendrá alguien a ocuparse de ti.

Cuando se alejaba, oyó pasos a lo largo del pasillo y el sonido de las campanillas que indicaban que alguien corría a ocuparse del señor.

Se volvió y, cuando vio la expresión furiosa de él, se echó a reír.

Era mejor que llorar.

Capítulo 12

CUANDO Maggie llegó a su suite, encontró a Kumu muy preocupada.

—¿Dónde estaba?

—He ido a nadar un rato —dijo la joven con una sonrisa.

—Le he preparado ropa para que elija. La dejo vestirse. Mientras, llevaré su equipaje al coche y luego vendré a peinarla.

—Puedo arreglarme sola.

—Maggie —dijo la mujer—, una invitada del príncipe heredero no tiene que arreglárselas sola.

Kumu se marchó y Maggie se quedó sola, mirando el hermoso amanecer de Zayrinia.

Quería quedarse, quería que la cuidaran, quería no tener que arreglárselas sola nunca más. Pero, sobre todo, mucho más que eso, quería importarle a alguien.

Quería el amor de él.

Si se quedaba, sería con la esperanza de que él llegara a amarla, y esa sería una razón estúpida para quedarse.

No podía arriesgarse a la agonía del rechazo.

Y sería peor de lo que había sido con Diane, porque a ella Maggie no la quería. Pero a Ilyas lo amaba.

Y él nunca correspondería.

No, con el tiempo se casaría y disolvería el harén. Se lo había dicho él.

Y ella no podría soportar ser su muñeca.

Miró las túnicas que le habían preparado. Las había pedido para estar presentable para él y ya no le apetecía usarlas, pero como se habían llevado su mochila al coche, tendría que ponerse una.

Eligió la primera que tocó. Era de terciopelo beige, que combinó con zapatillas enjoyadas. Kumu llegó entonces con maquillaje y peine y una bolsa de trucos para ponerla presentable para el futuro rey.

—No quiero que me peine –dijo Maggie.

—Pero hay que domar esos rizos –insistió Kumu.

—Me gustan así –repuso Maggie–. Y tampoco quiero maquillaje. El príncipe heredero tendrá que verme como soy esta mañana.

En lugar de insistir, Kumu sonrió.

—Bien dicho –dijo.

—Gracias por todo –contestó Maggie.

Había sacado un regalo de su mochila que en realidad había comprado para Flo. Era una pulsera de plata que había visto hacer, pero llevaba otros regalos para Flo y sabía que su amiga lo entendería.

Kumu se mostró encantada y se puso la pulsera en el acto. Abrazó a Maggie.

—La echaré de menos.

—Pero solo he estado un día.

—Lo sé, pero el palacio ha sido muy feliz de tenerla aquí.

No había ni rastro de Ilyas.

Estaba enfadado.

Había despedido con rabia a la mujer que había acudido a la llamada de Maggie. Estaba furioso por lo eso, porque ella había reducido su vínculo al sexo.

Normalmente no salía a despedir a las amantes y estaba furioso. Pero ella lo había cambiado más de lo que creía porque decidió ignorar su furia por el momento.

De hecho, desapareció en cuanto salió al vestíbulo y la vio allí de pie hablando con Kumu.

Allí no hablaba nadie. Nadie conversaba porque sí, pero Kumu le hablaba a Maggie de su hija y de lo buena estudiante que era.

Conversación puramente amistosa, que tan poco abundaba entre aquellas paredes.

Kumu guardó silencio de pronto y Maggie se volvió y vio el motivo.

Ilyas estaba allí, vestido con una túnica negra y *kafeyah*.

—¿Nos disculpas? —preguntó a Kumu.

Y entonces Maggie y él quedaron frente a frente.

—¿Qué tal ha sido tu mañana? —preguntó ella.

—Confusa para algunos y frustrante para otros —contestó él, refiriéndose a la mujer a la que había despedido y a sí mismo.

—Me alegro —Maggie sonrió, contenta del pequeño caos que había causado.

Ilyas no la entendía. Sabía que no quería irse, pero allí estaba, sonriente. Y él no quería que se fuera, pero tampoco quería que se pasara los días en el *hammam*.

Ni su padre ni los ancianos del palacio la considerarían jamás una esposa apropiada. El amor no era parte del plan para un futuro rey. Ilyas jamás había dudado de su futuro. Había nacido para ser rey. Sin embargo, ese día eso le parecía solo un deber doloroso. Quería cancelar el coche, pedir un avión privado y marcharse con ella.

La miró, lista para partir, y no pudo evitar preguntar:

—¿Y si nos vamos por ahí unos días?

—¿Adónde?

—A cualquier parte.

Le ofrecía el paraíso, pero ella había leído ya la letra pequeña de esa oferta.

—No, gracias.

Ilyas ocultó su frustración y la acompañó a la zona donde esperaba el coche para llevarla al aeropuerto.

Había otros vehículos, unos que se iban y otros que llegaban, pues para el palacio y sus gentes empezaba un día de trabajo más.

—Gracias por haberme secuestrado —dijo Maggie.

Ilyas sonrió.

—Y gracias a ti por no ser Suzanne.

Ella soltó una risita.

—Ilyas...

Él se volvió al oír su nombre y lo mismo hizo Maggie.

Era la primera vez que ella veía al rey, pero lo reconoció al instante.

El rey Ahmed caminaba con algunos de los ancianos del palacio. No hizo ningún caso de Maggie, se limitó a hablar en árabe con su hijo y se volvió para entrar en el edificio.

–¡Ilyas! –volvió a llamar, sin duda esperando que su hijo lo siguiera, pero este siguió hablando con Maggie.

–¿Lo tienes todo? –preguntó.

Ella sacó el pasaporte y el billete del bolso.

–Está todo aquí.

–Buen viaje –dijo él.

No hubo promesas de volver a verse. No mintió y le dijo que podían seguir en contacto. Era una despedida de verdad y los dos lo sabían.

–Oh, toma –él metió la mano en uno de sus bolsillos profundos y le pasó su teléfono móvil–. Acaban de conseguir que funcione.

–Seguro que lo has revisado.

–No.

–¿Por qué no?

–Porque sé que a ti no te gustaría.

–Gracias –musitó Maggie. Sonrió–. Lo revisaré yo. Quiero saber lo que dijo Suzanne –abrió el teléfono–. No hay nada.

–Seguramente borraría los mensajes después de enviarlos.

Pero entonces el teléfono empezó a pitar a medida que llegaba un mensaje tras otro.

–Es Paul –dijo–. Está preocupado porque no he contestado a sus correos –siguió leyendo–. Me ofrece un ascenso si vuelvo.

Se echó a reír.

–Flo ha intentado localizarme. Amenaza con llamar a la Interpol si no doy señales de vida pronto.

Era maravilloso saber que tenía amigos que se preocupaban por ella.

Que notaban su ausencia.

—Parece que me han echado de menos después de todo.

—Por supuesto que sí —dijo Ilyas.

Y sin preocuparse ni por el protocolo ni por su padre, la tomó en sus brazos.

—Yo te echaré de menos.

«Pues no me dejes marchar», quería suplicarle ella. «Ofréceme algo más que ser tu querida». Pero la boca de él la libró de suplicar.

Su beso fue puramente Ilyas.

No fue un roce discreto de los labios. Más bien la devoró.

Él tenía los ojos cerrados y la besaba con fuerza y fiereza, con toda la pasión que la marcha de ella les negaba.

Y no era un beso al que ella pudiera no responder.

La apretó contra sí y ella le echó los brazos al cuello y la acarició con la lengua.

Fue un beso profundo y sensual, lento y mesurado, y él era el único que podía derretirla de ese modo.

Cuando se separaron, apoyaron sus frentes juntas un momento y después ella, sorprendida por la muestra de afecto de él, entró en el coche.

Cuando este se puso en marcha, ella no pudo evitar mirar atrás.

Y allí estaba él, erguido y viéndola alejarse.

No la despidió con la mano.

Fue una agonía como ninguna que ella hubiera vivido antes.

Aquello parecía amor, pero si lo era, ¿por qué narices se marchaba y por qué la dejaba él ir?

Porque el amor no entraba en sus planes.

Era una píldora horrible de tragar.

La más amarga de todas.

Maggie se dijo que en un futuro podría relegar ese fin de semana a un romance de vacaciones.

Pero todavía no.

Aunque las vacaciones habían terminado.

—Es su día de suerte —le dijeron al subir al avión.

Pero a ella no se lo pareció ni cuando le entregaron un billete de primera y pudo sentarse en una especie de sala donde le sirvieron exquisiteces y champán.

Sabía que era Ilyas el que había organizado aquello. El que había mejorado el regalo de su madre.

Pero no eran ni el champán ni las exquisiteces lo que envolvía su corazón cuando el avión la llevaba a casa.

Ahora había otra persona en su vida.

Otro dedo en su mano, una persona más a la que Maggie podía decir sinceramente que amaba.

Capítulo 13

DESPUÉS de la marcha de ella, el palacio parecía un mausoleo. Ilyas fue a su despacho y se quedó de pie ante los grandes ventanales que ofrecían vistas panorámicas.

No miraba el desierto ni el océano ni la ciudad extendida a sus pies.

Miraba el cielo y se preguntaba si cada avión que pasaba era el que la llevaba a ella.

—Alteza —Mahmoud entró justo antes de las doce—. Es casi mediodía.

—¿Y qué?

—Se acaba el plazo.

—¡Ah, sí!

Pero Mahmoud no había entrado para avisarle del plazo.

Ilyas tenía mucha gente trabajando entre bambalinas y a las doce y cinco le dijeron que el grupo que amenazaba al palacio había sido detenido.

Esa noche vieron el contenido de los vídeos. Mahmoud y los inspectores se sintieron muy aliviados al ver que no contenían nada, pero cuando Ilyas los vio, sus sentimientos confusos no tenían nada que ver con la prueba clara de que no había ocurrido nada.

Vio la conversación, pero no pudo oírla.

Cómo ella reía pero nunca lloraba y cómo lejos del palacio, parecía mucho más relajada con Hazin.

Y entonces Ilyas se puso a trabajar porque no podía hacer otra cosa.

En los meses siguientes, Ilyas se sumergió en sus planes y en sus problemas y trabajó más duro que nunca en su vida.

Viajaba más a menudo, aunque evitaba Europa en general y Londres en particular.

Había mucho que hacer.

Cuando estaba en casa, visitaba el *hammam*, pero no usaba el cordón de terciopelo porque el foco de su deseo seguía siendo Maggie, y hasta el cielo lleno de estrellas parecía vacío cuando lo miraba sin ella.

Pero tenía mucho que hacer para mantenerse ocupado.

Hazin y sus últimas escapadas, para empezar.

Su hermano aparecía sin cesar en las portadas de las revistas, con cotilleos sobre el príncipe soltero que no se dejaba domesticar.

Y a pesar de los esfuerzos de Ilyas por hablar con él, su hermano se negaba. Además de lo cual, había rehusado la exigencia del rey para que volviera a casa.

Una noche, Ilyas tomó un rubí de la cómoda de su vestidor, se lo guardó en el bolsillo y, al salir de la habitación, miró un momento atrás.

Se dirigió al encuentro con su padre y se detuvo

a mirar el enorme retrato de Hazin y Petra el día de su boda.

Los dos parecían muy jóvenes. Y en aquel momento lo eran.

Deiciocho años.

Ilyas recordó el día que murió ella y la pena que había embargado a toda la nación.

¿Le respuesta de su padre?

Que Ilyas se casara y tuviera un heredero, como si eso fuera a apaciguar a la gente.

Ilyas no había podido consolar a Hazin. No estaban unidos porque nunca les habían permitido estarlo.

Jamás habían hablado del tema y el palacio había seguido con su ritmo. La muerte de Petra se había convertido en un punto más a tratar en una reunión.

De hecho, estaba en la de ese día, porque se acercaba el aniversario de los diez años.

Se esperaba que Hazin regresara para ese día e inaugurara una planta nueva en el hospital.

Un planta bautizada con el nombre de una princesa a la que no habían podidos salvar.

Ilyas vio a los guardias fuera del despacho de su padre. Sabía que las espadas que sostenían no eran solo decorativas. Mientras esperaba que se abrieran las puertas, inhaló hondo y contuvo la respiración un momento.

Estaba preparado.

Entró en la reunión y vio a Mahmoud y varios ancianos del palacio. Estaba claro que su padre había planeado una reunión larga.

Pero eso ya se vería.

Los planes de Ilyas empezaban a dar fruto ya.

Se sentó en una mesa larga, enfrente de su padre.

Primero hablaron de asuntos internacionales, y había muchos.

Ilyas contuvo su malhumor cuando se enteró de que la tregua reciente a la que tanto le había costado llegar con un país vecino estaba en peligro debido a lo mal que había tratado su padre un incidente trivial.

—Hay que darles una lección —dijo el rey Ahmed.

«Ni lo sueñes», pensó Ilyas, pero guardó silencio por el momento.

Pasaron a asuntos más locales y a las protestas en la ciudad de los operadores turísticos que querían acceder más al desierto.

—Su medio de vida está amenazado —dijo el rey—. Con un par de kilómetros más de arena podríamos ayudarlos a prosperar.

—No —dijo Ilyas—. Han pedido más de un par de kilómetros.

—Solo para llevar a las élites —repuso su padre—. La industria turística es importante. Los beduinos tienen que aceptarlo.

—¿Y por qué no lo hablamos con ellos? —sugirió Ilyas.

—Me he reunido con algunos de los ancianos... —empezó a decir Mahmoud.

Ilyas lo interrumpió.

—¿Por qué no hay un representante beduino en esta mesa? —preguntó—. Esta moción tiene que debatirse más adelante y con un representante de ellos en la mesa. Siguiente punto.

Hubo un silencio.

—Siguiente punto —repitió Ilyas.

Sentía la rabia de su padre a través de la mesa y a Mahmoud le tembló un poco la voz cuando pasó al siguiente punto.

—La nueva planta de oncología está casi terminada —dijo—. Estoy preparando el discurso de Hazin...

—¿No debería ser la familia de la princesa Petra la que lo leyera? —lo interrumpió Ilyas.

—Hazin es su familia —dijo el rey Ahmed, y su voz era puro hielo, pues no le gustaba el intento de su hijo de hacerse con el control de la reunión. Al principio se había quedado demasiado atónito para responder, pero ahora reivindicó su dominio—. Si quiere seguir siendo príncipe, pronunciará ese discurso.

—Pero es obvio que tu hijo menor tiene problemas —dijo Ilyas.

Había pensado que ese día tardaría años en llegar, pero el tiempo pasado con Maggie le había hecho adelantarlo.

Y ese día había llegado ya.

—En este momento no tengo un hijo menor —el rey Ahmed escupió sus palabras—. Hazin me asquea. Si quiere ser miembro de la familia real, tendrá que actuar de acuerdo con ello.

—Nuestro título está equivocado —lo corrigió Ilyas—. Somos reales, pero no somos una familia.

—Siguiente punto —dijo el rey Ahmed, pues en ese momento era él el que quería acabar con la reunión—. Se levanta esta reunión.

–No, en absoluto –dijo Ilyas. Hizo señas a todos de que permanecieran sentados–. Mahmoud, por favor, tome notas.

Un silencio cubrió la habitación. Ilyas miró directamente a su padre.

–Esta tarde parto para Londres –dijo–. Allí hablaré con mi hermano e intentaré calcular el mejor modo de lidiar con el aniversario de la muerte de la princesa Petra.

El rey Ahmed echó su silla hacia atrás y se puso de pie.

–En ese caso, déjame recordarte quién es el rey.

Ilyas ignoró el estallido de su padre y permaneció sentado, examinándose las uñas, como si le aburriera el melodrama de su padre. De pronto puso la mano en la mesa.

–Va a haber una transición de poder –dijo.

Hubo un respingo audible por parte de todos los presentes, pero Ilyas siguió hablando como si comentara el estado del tráfico cerca del palacio.

–Será una transición suave, pero yo asumiré más responsabilidad y todas las decisiones futuras tendrán que ser aprobadas por mí.

–¡Fuera de aquí! –gritó su padre–. Ahora, antes de que llame a los guardias.

–Si insistes –Ilyas se puso en pie–. Pero los dos sabemos que un día seré rey y cuando lo sea...

El rey Ahmed no le dejó hablar más.

–Haré que te detengan. No puedes ser rey encerrado en una torre.

–¿Y quién lo será? –preguntó Ilyas–. Tú has dejado al árbol sin fruto. Hazin no lo hará y yo no tengo heredero, así que solo te quedan tu hermano y sus hijos gordos y holgazanes.

Ilyas sabía que su padre odiaba a su hermano. En los negros corazones de sus padres no había amor por nadie.

—Quédate ahí, viejo tonto, y observa cómo pido opinión al pueblo. Esto no es una amenaza hueca —advirtió Ilyas—. He seguido tu consejo y siempre he mirado hacia adelante. Mi hermano, Dios mediante, servirá a mi lado, y este país seguirá adelante y se curará de los muchos errores que has cometido.

—¡Fuera! —gritó su padre, pero Ilyas notó que el rey no llamaba a los guardias, porque sabía que en el fondo no había otra opción que aquella.

—Encantado —dijo Ilyas—. Como ya he dicho, me voy a Londres a hablar con mi hermano.

—Pues dile a Hazin de mi parte que, a partir de este día, si elige llevar una vida de desenfreno, será sin el dinero real. No tendrá seguridad ni aviones privados ni chófer. Nadie que lo rescate cuando caiga en desgracia.

—Yo estaré a su lado —respondió Ilyas—. Y espero regresar con mi futura esposa. Tú no la aprobarás, pero ya no necesito tu aprobación —sonrió—. A partir de este día eres tú el que necesita la mía.

Ya estaba hecho.

No había vuelta atrás. Ilyas saludó a los guardias al salir.

—Alteza —Mahmoud tuvo que correr para alcanzarlo—. No puede amenazar con un golpe de Estado y luego abandonar el país.

—No es un golpe de Estado —Ilyas negó con la cabeza–. No hay necesidad de eso todavía. Como le he dicho a mi padre, será una transición suave. Quizá los ancianos y usted puedan sugerirle lo mismo. Si eso no ocurre, sí habrá un golpe. No preguntaré de qué lado estará usted. No quiero que le falte al respeto a nuestro rey... todavía.

Ilyas sonrió y se alejó. Sabía que tendría a Mahmoud de su parte porque llevaba muchos años planeando ese día. Llevaba décadas.

Lo que no había entrado antes en sus planes había sido tener una esposa a su lado.

Y desde luego, no una llamada Maggie.

Capítulo 14

MAGGIE había pasado los últimos meses desmintiendo su teoría de que era imposible hartarse del chocolate.

Su creencia de largo tiempo estaba equivocada.

Su sabor era demasiado dulce y le bastaba con olerlo para sentir arcadas.

Flo había sido la primera en decirle que estaba embarazada.

Maggie había decidido no creerla de momento. Había encontrado un apartamento que ofrecía algo más de intimidad de lo que estaba acostumbrada. Aunque compartía la cocina y el baño con cuatro personas más, tenía una habitación propia con un sofá y una cama y podía cerrar la puerta con llave.

Después de un año viajando y una vida entera compartiendo salas de estar, por fin tenía un poco de paz e intimidad.

La primera noche, con todo ya colocado en su sitio, Flo había sacado una botella de vino espumoso para brindar por la casa nueva.

—No, gracias —dijo Maggie.

—Pensaba que dirías eso.

—Por favor, deja el tema.

—Maggie, ¿qué vas a lograr con eso? Aunque

solo sea para salir de dudas, por favor, hazte la prueba.

Flo había sacado de su bolso una prueba de embarazo y Maggie había confirmado que estaba embarazada en su primera noche en la casa nueva.

Por supuesto, en el fondo ya lo sabía, pero como no sabía lo que iba hacer, había decidido ignorarlo lo más posible.

—¿Cómo voy a hacerlo? —había preguntado Maggie con lágrimas en los ojos.

—Encontrarás el modo —había contestado Flo, convencida—. Siempre lo encuentras. ¿No podrías decírselo al padre del bebé?

Maggie no le había hablado todavía de Ilyas.

—No puedo.

—Él tiene también responsabilidades —había dicho Flo.

—Desde luego —había asentido Maggie—. Va a ser rey.

Flo se había quedado de una pieza y había abierto la botella de vino.

Ese día, embarazada ya de seis meses, Maggie se despertó antes de que sonara el despertador y, como siempre, Ilyas fue la primera persona en la que pensó y él siguió colándose en sus pensamientos a lo largo del día.

Se las había arreglado.

Mejor que eso, con la ayuda de sus maravillosos amigos, tenía un futuro a la vista.

Había empezado a estudiar contabilidad con la esperanza de poder trabajar un tiempo desde casa cuando llegara el bebé. El hijo de Kerry y Paul deja-

ría pronto la cuna, así que de eso no tenía que preocuparse. Trabajaba todas las horas posibles para ahorrar lo que pudiera.

Había encontrado un apartamento más acorde
con un bebé y se mudaría en dos semanas más.

Sí, tenía planes y el futuro parecía algo más seguro que cuando se había enterado de su embarazo.

El día anterior había tenido una ecografía y sabía
ya que iba a tener un niño. Un niño al que ella ya quería.

No tenía familia y si no intentaba decírselo a Ilyas,
su hijo solo la tendría a ella.

Maggie siempre había querido saber cosas de su
padre. Por la noche, en las casas de acogida se quedaba dormida soñando con tías, tíos y primos que
seguramente tenía en alguna parte.

No tenía ni la menor idea de cómo se lo tomaría
Ilyas. Esa mañana, todavía en la cama, había sentido al niño moverse en su vientre y había puesto un
mensaje a Flo pidiéndole que pasara por el café de
camino al trabajo. Quería preguntarle algo.

Maggie sonrió a su amiga cuando entró en el
café. Flo llevaba el pelo rubio recogido porque iba
camino del hospital. No necesitaba pedirle lo que
iba a tomar, lo sabía de memoria. Chocolate caliente y una napolitana.

–Tómate el almuerzo cuando quieras –dijo Paul.

–Gracias. Lo haré ahora.

Maggie preparó el pedido de Flo, tomó su almuerzo y las dos amigas se sentaron a una mesa.

Flo añadió azúcar al ya dulce chocolate caliente y Maggie se preguntó, por enésima vez, cómo lo hacía. Aunque comía como un caballo y nunca había puesto los pies en un gimnasio, era delgada, rubia y esplendorosa.

Y un desastre en el apartado de citas.

Atraía a más bastardos que ninguna otra mujer que conociera Maggie.

Sus ojos azules parecían llamarlos como la llama a las polillas.

—Veo que has recuperado el apetito —dijo.

—Es verdad —Maggie guardó silencio un momento, pensando cómo abordar el tema.

—He estado pensando —dijo Flo—. ¿Quieres que sea yo tu matrona en el parto?

Maggie parpadeó. Medio esperaba que Flo se ofreciera a ser su persona de apoyo, e incluso eso le costaba trabajo.

—Sería maravilloso —dijo su amiga.

—Rotundamente no —protestó Maggie.

—Pero no puedes estar sola.

—Prefiero estarlo.

El corazón le dio un vuelco al notar que el niño se movía de nuevo.

No quería estar sola.

Pero no era Flo la persona que quería al lado.

Era Ilyas.

—¿No me has pedido que viniera por eso? —preguntó Flo.

—Te he pedido que vinieras porque creo que tengo que decírselo a Ilyas —dijo Maggie—. No dejo de repetirme que es por el bien del bebé y que él merece saberlo, pero la verdad es que quiero que lo sepa y quiero la oportunidad de volver a hablar con él –respiró hondo–. Aunque yo no le importo nada.

Si le importara algo, habría hecho esfuerzos por ponerse en contacto, ¿no?

Y no había sido así.

Era cierto que no sabía dónde vivía, pero era un hombre poderoso. Seguramente la habría encontrado de habérselo propuesto.

–No puede pillarlo totalmente por sorpresa –dijo Flo, pragmática–. No usasteis protección.

–Estábamos en el *hammam* –señaló Maggie.

Sí, Flo le había arrancado todos los detalles posibles.

–¡De pie! –Flo alzó los ojos al cielo–. Por favor, no me digas que pensabas que eso evitaría que te quedaras embarazada.

–Quiero decir que no había preservativos a mano.

Pero aquello no era cierto. Recordó a Ilyas en la tienda, tomando una de muchas cajitas de madera, y pensó que seguramente habría también provisiones de sobra en el *hammam*. Después de todo, ese era su objetivo. Pensó en el cordón de terciopelo y se ruborizó al ver la mirada de suficiencia de Flo.

La protección no les había parecido importante en aquel momento.

–¿Cómo crees que se lo tomará? –preguntó Flo.

–No sé –admitió Maggie–. No es muy abierto. No sé cómo ponerme en contacto –dijo–. No sé si debería intentar llamar o escribir.

Flo arrugó la nariz, pero luego se le iluminaron los ojos.

—Su hermano estará esta noche en Dions's.

—¿Cómo lo sabes?

—Porque al príncipe Hazin lo echan a patadas de allí todos los viernes. Por eso es tan popular ese sitio ahora.

Flo sabía dónde se reunían los ricos y famosos.

Dion's era un bar situado dentro de un hotel muy lujoso. En otro tiempo había sido un lugar donde se reunía la gente a tomar una copa antes de entrar al teatro. Era anticuado, pero últimamente se había puesto más de moda como un bar retro, estilo años cincuenta.

—Ya hablaste con él una vez. ¿Por qué no vas esta noche y le dices que necesitas hablar con su hermano?

—¿Me acerco y le doy una palmadita en el hombro? —preguntó Maggie—. Dudo que me recuerde. Y además, no me dejarán entrar.

Dion's era un lugar muy exclusivo, un local de juegos para los muy ricos, pero Flo conocía a uno de los porteros y sabía cómo entrar.

—Ponte elegante —dijo—. Viste de negro, suéltate el pelo y enseña escote. Nadie te mirará el estómago.

Maggie movió la cabeza.

—No puedo.

—Claro que puedes. Iré contigo.

—Tú trabajas.

—Puedo estar allí a las diez, a menos que esté en mitad de un parto.

—No conseguiré entrar sola.

—Pues tendrás que esperarme fuera —Flo sonrió y

recogió su bolso–. Soy una matrona excelente, no sabes lo que te pierdes.

Maggie se duchó y, al pasarse el jabón por el estómago, sintió la pequeña vida que había dentro. Si no salía nada de aquella noche, al menos podría decir después que había intentado ponerse en contacto.

Se secó, se cepilló el pelo y lo dejó suelto, como le había dicho Flo.

Hacía mucho tiempo que no se maquillaba, pero teniendo en cuenta que pretendía entrar en Dion's, esa noche lo hizo.

Se puso una base de color marfil con un toque de colorete. Una sombra de ojos neutra, pero añadió una línea negra y rímel. Y se pintó los labios de rojo.

Pensó que Maggie no la reconocería. Y Hazin mucho menos.

Su único vestido negro no estaba diseñado para una mujer embarazada, pero consiguió meterse en él y colocar bien el espectacular escote. Nunca los había tenido muy grandes, pero debido al embarazo habían aumentado de tamaño. Maggie completó la imagen con tacones de aguja y se miró al espejo.

Faltaba algo.

Probó un collar, pero era demasiado, intentó un chal para cubrir los brazos, muy blancos, pero quedaba estúpido.

Y en su cajón no había medias.

Tendría que quedarse así.

Mientras revisaba su bolso, iba ensayando frases.

–Hola, Hazin. Nos conocimos hace unos meses...

–Hola, Hazin, soy Maggie, la chica del bikini verde.

¡No!

–Hola, Hazin dijo con voz seria–. ¿Puedes decirle a Ilyas que necesito hablar con él?

Sabía que todas las frases eran terribles y se consolaba pensando que no conseguiría entrar de todos modos.

Cerró con llave su habitación, echó a andar por el pasillo y abrió la puerta principal.

Y allí estaba ese algo que faltaba.

Lo mismo que había faltado desde la mañana en que se habían despedido, el hombre que decía a su corazón que olvidara, sabiendo que nunca lo conseguiría.

–Maggie.

La voz de Ilyas sonaba un poco insegura.

Llevaba traje y corbata. Estaba inmaculado, con un traje azul marino, camisa blanca, corbata y bien afeitado.

Su voz sonaba incierta porque, en lugar de echarlo de menos, era evidente que Maggie se disponía a salir.

–Tenías que haber abierto la puerta en pijama, con los ojos rojos y un cubo de helado –dijo.

–Eso fue anoche –Maggie sonrió–. ¿Y cómo te atreves a venir a mi casa con un aspecto tan diferente al que yo recuerdo?

–Tenía que reunirme con mi hermano. Pero no podía dejar esto ni una sola noche más.

Dio un paso al frente y ella sostuvo la puerta abierta.

Recorrieron el pasillo donde estaban la cocina y el baño compartidos y Maggie sacó la llave de su habitación, situada a la izquierda.

Mientras lo hacía, se preguntaba cómo darle la noticia. Él seguramente no se había fijado, pues no había dicho nada.

Quizá la sugerencia de Flo de confiar en una masa de pelo rojo y el escote funcionaba demasiado bien.

Ilyas lo sabía.

Lo había sabido en cuanto la vio, pero estaba acostumbrado a no dejar que su expresión traicionara sus pensamientos.

—Creo que no he hecho la cama —admitió ella cuando abría la puerta.

—No importa —dijo él.

Entró en el pequeño hogar que había creado ella y se sintió muy orgulloso de Maggie por ser capaz de recoger los pedazos y empezar una y otra vez.

Y estaba muy embarazada.

Ilyas necesitaba un momento para centrarse y asimilar la noticia.

Era un planificador.

Pero a veces el mundo trabucaba hasta los planes mejor ideados.

Había dejado su país con el futuro planeado pero todavía incierto.

—Ilyas —dijo ella con voz que traslucía su nerviosismo.

—¿Sí?

Él se acercó y puso la mano en el estómago de ella. Su contacto los abrazó a ambos, madre e hijo.

Cuando la atrajo hacia sí, Maggie supo que sus brazos eran el lujo que le faltaba.

Cuando estaba en ellos, su mente no buscaba respuestas, solo se dejaba abrazar.

No sabía cómo decírselo y había pensado mucho cuál sería su reacción. Pero el abrazo de Ilyas era perfecto y la ternura de su mano en el estómago de ella le decía que todo iría bien.

Maggie no sabía lo que pasaría, pero si solo podía ser una amante ocasional, lo aceptaría porque para ella no podía haber otro que no fuera él.

Inhaló su olor, tan familiar para su alma, y todos sus nervios reaccionaron al instante con deseo.

¡Cómo lo había echado de menos!

Ya no necesitaban palabras, simplemente sucumbió a la bendición de su beso. Ella tenía una mecha, solo necesitaba que Ilyas la encendiera. Y él lo hacía con mucha facilidad.

La depositó en la cama sin dejar de besarla y cuando anhelaban sentirse piel con piel, simplemente no había tiempo porque su necesidad llevaba demasiados meses sin ser satisfecha.

Ilyas le pasó una mano por las piernas desnudas y le subió el vestido.

El pintalabios que ella se había puesto con tanto cuidado manchó las bocas de los dos.

Ilyas le rompió las bragas y se abrió la cremallera.

Cuando ella se movió para abrir las piernas, a él le pareció que no iba lo bastante rápido y las separó con su mano impaciente. Maggie sentía su aliento caliente en el oído y cerró los ojos cuando él se deslizó en su interior.

Él no quería echarle su peso, pero Maggie lo abrazó con las piernas y lo atrajo más cerca. Su unión fue intensa y frenética. Él la poseía hondo y con fuerza y ella se agarraba a sus anchos hombros y ansiaba sentir su piel, pero estaba completamente vestido y su única parte desnuda era la que estaba dentro de ella.

De pronto se sintió frenética y golpeó con las manos los hombros de él como si así pudiera encontrar la carne de debajo.

—¡Ilyas! —exclamó. Porque intentaba agarrarse, asustada de que su orgasmo anunciara el final de un sueño tórrido, pues todavía le costaba creer que él estaba allí.

Entonces él soltó un grito ronco y ella ya no pudo contenerse más y ambos gritaron al unísono, con ella arrancando cada gota preciosa que le entregaba él.

Maggie pensó que volvían a ser amantes. Seguramente se desnudarían pronto, pero por el momento estaban sin aliento y cualquier cosa que no fuera abrazar al otro parecía demasiado esfuerzo.

Él le bajó un poco el vestido, se colocó la ropa, le puso una mano en el estómago y Maggie sintió su curiosidad sobre los cambios producidos en ella.

Y, por supuesto, tenía preguntas.

—¿Cuándo lo supiste? —preguntó.

—Unas semanas después de volver.

—¿Tuviste miedo?

Ella asintió.

—¿De mí?

—No. Creo que tenía más miedo de que nuestro hijo estuviera sin ti —repuso ella—. Y también de lo que pudiera ocurrir.

—Odio pensar que tuviste que lidiar con esto sola.

—No estaba sola. Tenía a Flo y a Paul —ella cerró los ojos porque se estaban llenando de lágrimas.

—Puedes llorar —dijo él.

—Pero no lloro —repuso ella.

Respiró hondo.

—Es un niño —dijo.

Ilyas pensó que iba a tener un hijo. No necesitaba preguntar si era el padre, pero sí había una cosa que debía saber.

—¿Pensabas decírmelo alguna vez?

—Iba a hacerlo cuando has llegado.

Él enarcó una ceja con incredulidad.

—Es cierto. Había quedado con... —Maggie soltó un gritito, saltó de la cama y sacó su teléfono móvil del bolso—. Había quedado con Flo —se sentía fatal por haber dejado plantada a su amiga en la puerta del bar Dion's.

—¿Tu amiga? —preguntó él.

—Flo me iba a ayudar a entrar en Dion's. Es un bar y al parecer tu hermano está allí esta noche.

El miedo de no haber conocido nunca a su hijo abandonó entonces a Ilyas. Se lo habrían dicho esa noche.

—Yo también he quedado allí con Hazin —admitió Ilyas—. Tengo que hablar con él y pensé que sería menos formal allí.

—¿Tú también ibas allí?

—Sí.

—Si entro allí y te veo, me habría caído muerta —Maggie sonrió. Miró los mensajes de Flo—. Dice que ha dejado mi nombre en la puerta y que nos veremos dentro.

Miró la hora y después a Ilyas, que llevaba pintalabios rojo en la cara y la camisa. No quería ni pensar cómo estaría ella.

—¿Qué hago? —preguntó.

—Ponle un mensaje y dile que ha surgido algo —sugirió Ilyas. Tiró de ella y la echó de nuevo sobre la cama—. Dile que lo sientes pero que Ilyas te ha propuesto matrimonio y esperas que lo entienda...

—¿Propuesto qué?

—¿Quieres casarte conmigo, Maggie?

Ella había creído que lo máximo que podía esperar era ser amante a media jornada.

—¿Tienes que casarte conmigo porque estoy embarazada? —preguntó.

—No. Quiero casarme contigo. ¿Por qué crees que he venido?

—No sé.

—¿De verdad crees que he venido hasta aquí por sexo?

—Tal vez. ¿De verdad has venido a pedirme que me case contigo?

—Y por sexo —dijo él.

—Tu padre nunca aceptará —dijo Maggie.

—No necesito que acepte. Ahora tomo yo las decisiones.

—Pero él es rey.

—Y le he dicho que, a menos que haya grandes cambios, consultaré al pueblo.

Era abrumador, pero Ilyas parecía increíblemente tranquilo.

—Maggie, llevo mucho tiempo planeando esto. Hace muchos años que supe que necesitábamos un cambio. Al principio pensaba esperar hasta que fuera rey, pero a medida que pasaban los años, sabía que no era justo para la gente. Estaba esperando el momento oportuno, pero tú lo aceleraste.

—¿Yo?

—Cuando me dijiste que debía consultar a los beduinos, cuando nuestros pensamientos se encontraron y eran el mismo, supe que no podía esperar más para cambiar. Tengo algo para ti.

Sacó una bolsita negra suave del bolsillo. Cuando Maggie la abrió, cayó en su mano una piedra grande sin cortar.

Un rubí.

—Es del río rojo —le dijo él—. Desde que te fuiste, he ido todas las noches al estanque de la cueva y esta mañana, cuando por fin he arrancado esto, he sabido que había llegado el momento. Me he llevado la piedra conmigo y he desafiado a mi padre. Esta noche te la traigo a ti.

—Podrías haberte ahogado.

—Pero no me he ahogado.

Ella miró la piedra que tenía en la mano y pensó en lo que había hecho Ilyas por ella.

—Mañana tengo que volver a Zayrinia —dijo él—. Quiero estar seguro de que las cosas avanzan en la dirección correcta antes de llevarte allí.

—¿Y si no es así?

—Pensaremos juntos lo que hay que hacer.

—¿Juntos?

—Ahora y siempre —asintió él. Era un voto solemne, porque ya comprendía el poder del amor y de tener a alguien con quien compartir sus pensamientos—. Pero hay un problema. Tengo que llevarme el rubí. En cuanto informe al palacio de que te lo he ofrecido, tendremos que permanecer separados hasta nuestro matrimonio. Suponiendo que aceptes, claro.

—¡Oh, sí! —dijo Maggie.

—Cuidaré de los dos —le prometió Ilyas—. ¿Cuándo nacerá?

—En Navidad.

—Yo estaré a tu lado —musitó Ilyas.

Era un gran consuelo saberlo.

Maggie se inclinó para besarlo y le desató la corbata. El consuelo que necesitaba en aquel momento era muy distinto.

Quería verlo desnudo, y cuando Ilyas siguió desnudándolos a ambos, supo que él quería lo mismo.

Al día siguiente regresaría al palacio y prepararía el camino para llevar a su futura esposa.

Y haría lo que fuera precioso.

Pero por el momento, tenían esa noche.

Epílogo

BUENA suerte.

Flo miró con preocupación a su amiga después de desearle lo mejor para su día especial.

—¿No puedo estar con ella? —volvió a preguntar.

—Lo siento —contestó Kumu—. Con la novia solo puede estar familia.

Y Maggie no tenía familia.

Empezaba a haber muchos cambios en Zayrinia, pero aquella costumbre no era una de ellas, así que Flo se fue a prepararse para la ceremonia y Maggie se quedó sola.

Bueno, tenía a Kumu y muchas doncellas, pero no era lo mismo.

Aquel día, el día de su boda, echaba mucho de menos a su madre.

Maggie, Flo, Kerry y Paul habían llegado a Zayrinia un par de días atrás. Habían tenido un recibimiento formal en la puerta del palacio y Maggie había sonreído y hecho reverencias al rey y a la reina.

Ilyas le había dicho que el rey había aceptado la transición como si hubiera sido idea suya. Y que su madre parecía aliviada.

La reina incluso sonrió un poco a Maggie y se mostró mucho más amable que la primera vez.

Por supuesto, Ilyas no estaba presente.

Había tenido dos noches de cenas formales y dos días pasados en el *hammam* con Flo, pero ese día habían terminado las celebraciones y los preparativos previos a la boda.

Maggie estaba ya peinada y Kumu la estaba maquillando. Maggie quería que terminara la boda y estar a solas con Ilyas porque, a pesar de los ensayos, la aterrorizaba meter la pata.

–Hazin no ha llegado todavía –le dijo Mahmoud a Ilyas–. Su avión sigue en Dubai.

Aquel día, Ilyas tenía otras cosas en la cabeza que el paradero de su hermano.

–Quiero que se entere de cómo está Maggie. Pregúntele a Kumu. O mejor... –Ilyas dio instrucciones muy concretas al consejero.

Habían sido dos semanas muy largas. No se habían visto desde la noche maravillosa que habían pasado en el dormitorio de ella.

Él había regresado a Zayrinia y puesto en marcha sus planes mientras Maggie asimilaba los cambios vertiginosos que tenían lugar en su vida.

En ese momento respiró hondo e intentó calmarse.

Miró por la ventana y vio las calles de abajo llenas de gente que esperaba ver a los recién casados y verla por primera vez a ella cuando salieran al balcón.

Se pasó una mano por el estómago, que le parecía mucho más grande que dos semanas atrás. Sabía que la gente se enteraría pronto de su embarazo y no sabía cuál sería su reacción.

Sonaron vítores cuando un coche se acercó al palacio y Kumu le dijo que llegaban el rey y la reina de un país vecino.

–¿Ha llegado ya el príncipe Hazin? –preguntó Maggie.

–Creo que no –Kumu movió la cabeza–. Tendrá problemas si no llega pronto –sonrió–. Pero usted no se preocupe por eso. Hoy solo tiene que sonreír.

–Lo haré –prometió Maggie, que estaba más cerca del llanto que de la sonrisa.

Miró por la ventana e intentó calmarse.

–Venga conmigo –dijo Kumu.

Caminaron por un pasillo largo y bajaron unos escalones. Kumu abrió una puerta de madera y entraron en una habitación pequeña con una separación hecha con una celosía. Kumu indicó a Maggie que se sentara en un sillón grande de respaldo alto.

–Volveré a buscarla enseguida.

Salió y Maggie se quedó sola.

–Maggie.

–¡Ilyas! Es mala suerte que nos veamos... –dijo ella. Pero no conseguía ver su perfil. Sus dedos se tocaron a través de la seda.

–Por eso he pedido que te traigan aquí. Sé que tus amigos tenían que dejarte sola y quería saber cómo estás.

–Estaré bien –repuso ella, que seguía muy nerviosa–. Todo terminará pronto. Es solo un formalismo.

–Para mí no –dijo él–. Y no creo que hables en serio.

–No –confesó Maggie.

Era el día más importante de su vida.

–Quiero que lo disfrutes en lugar de desear que se acabe. Hoy nos convertimos en una familia y quiero que estés lo bastante tranquila para celebrar eso.

Era lo más bonito que Ilyas podía decirle.

–¿Qué es lo que te preocupa? –preguntó él.

–Toda esa gente –admitió ella–. Lo que pensarán porque, aunque el vestido es precioso, se nota que estoy embarazada.

–¿Recuerdas cuando te dije que a la gente no le escandalizaría que tenga un apetito sexual sano? Saben que las cosas están cambiando y les alegra que ocurra. Odio salir al balcón –admitió Ilyas–. Cuando era niño, siempre me reñían por no mirar al frente y mirar a otro lado. Hoy sí quiero salir ahí y que te conozca la gente. Y sonreiré y saludaré, cosa que no hago nunca, y miraré a mi esposa y verán que hay amor entre nosotros. Y se ilusionarán con el niño tanto como yo.

Maggie estaba sentada con los ojos cerrados, tranquilizada por sus palabras, pero triste todavía.

–Sé que echas de menos a tu madre –continuó él–, pero hoy no estás sola. Tienes amigos que te quieren y yo también estaré esperándote.

–Lo sé –contestó Maggie. Lloró por fin, allí con él. Y cuando terminó, ya no sentía miedo.

Cuando Kumu fue a buscarla, sonreía. Las doncellas le pusieron el vestido de novia, que era pesado y bordado con cuentas, y unos zapatos de plata y joyas. Luego se desplazaron a la parte del palacio donde tendría lugar la ceremonia.

Sonrió a Flo, a Paul y a Kerry y se acercó a donde esperaba Ilyas.

Y gracias al tiempo que él le había regalado antes, Maggie pudo disfrutar completamentc de aquel día maravilloso.

Ni siquiera la ausencia de Hazin pudo apagar la alegría.

Pronunciaron sus votos mirándose a los ojos y después compartieron un higo sabroso y ambos sonrieron recordando su noche en el desierto.

Luego él le puso el rubí en la mano.

Estaba ya cortado y pulido, y cuando ella pensó en él buceando en la cueva para sacarlo y en el amor que sentía por ella, se le llenaron los ojos de lágrimas.

Pero eran de felicidad.

Y a nadie le importó.

El único incidente del día fue el retraso con el que llegó Hazin.

Llegó cuando subían las escaleras para salir al balcón.

Iba vestido con un traje y su aspecto era muy desaliñado.

Desde luego, no estaba en condiciones de salir al balcón.

—¡Oh, oh! —exclamó Flo.

—Ese es Hazin —explicó Maggie. Vio que su amiga apretaba los labios—. ¿Ya os conocéis?

—De Dion's.

Pero no había tiempo para charlar. La gente es-

peraba y Hazin se tambaleaba como si fuera a des-
mayarse.

—Vete a dormirla —le dijo Ilyas con severidad—.
Hablaremos más tarde.

Sonrió a su esposa y salió con ella al balcón. Allí
sonrió también a la gente que esperaba.

Hasta el rey y la reina se las arreglaron para saludar con la mano y la gente vitoreó más que nunca.

Luego Ilyas miró a su esposa y le dio un beso en
la mejilla. La gente aplaudió.

—¿Feliz? —preguntó Ilyas.

—Mucho —Maggie sonrió porque estaba con el
hombre que amaba y por fin tenía una familia.

El amor había regresado por fin al palacio.

Bianca

La tentación era tan salvaje como tórridamente irresistible

UNA NOCHE CON SU ENEMIGO

Kate Hewitt

Cuando el implacable Rafael Vitali supo que la mujer que estaba en su cama era la hija de su peor enemigo, la echó sin contemplaciones; pero, al saber que Allegra se había quedado embarazada, recobró el control de la situación e insistió en que se marchara con él a Sicilia y se convirtiera en su esposa.

La vida de Allegra había dado un vuelco tras su noche de amor con Rafael. Lo deseaba con toda su alma, y estaba esperando un hijo suyo; pero no podía cometer la estupidez de ofrecerle en bandeja su frágil corazón...

Acepte 2 de nuestras mejores novelas de amor GRATIS

¡Y reciba un regalo sorpresa!

Oferta especial de tiempo limitado

Rellene el cupón y envíelo a
Harlequin Reader Service®
3010 Walden Ave.
P.O. Box 1867
Buffalo, N.Y. 14240-1867

¡Sí! Por favor, envíenme 2 novelas de amor de Harlequin (1 Bianca® y 1 Deseo®) gratis, más el regalo sorpresa. Luego remítanme 4 novelas nuevas todos los meses, las cuales recibiré mucho antes de que aparezcan en librerías, y factúrenme al bajo precio de $3,24 cada una, más $0,25 por envío e impuesto de ventas, si corresponde*. Este es el precio total, y es un ahorro de casi el 20% sobre el precio de portada. !Una oferta excelente! Entiendo que el hecho de aceptar estos libros y el regalo no me obliga en forma alguna a la compra de libros adicionales. Y también que puedo devolver cualquier envío y cancelar en cualquier momento. Aún si decido no comprar ningún otro libro de Harlequin, los 2 libros gratis y el regalo sorpresa son míos para siempre.

416 LBN DU7N

Nombre y apellido	(Por favor, letra de molde)

Dirección	Apartamento No.

Ciudad	Estado	Zona postal

Esta oferta se limita a un pedido por hogar y no está disponible para los subscriptores actuales de Deseo® y Bianca®.
*Los términos y precios quedan sujetos a cambios sin aviso previo.
Impuestos de ventas aplican en N.Y.

DESEO

*¿Qué haría falta para convencerla
de que lo suyo era para siempre?*

Doble seducción
SARAH M. ANDERSON

Sofía Bingham, viuda y madre de dos hijos pequeños, necesitaba un trabajo y lo necesitaba de inmediato para dar de comer a sus hijos.

Trabajar para el magnate inmobiliario Eric Jenner era la solución perfecta, pero su amigo de la infancia había crecido... y era irresistiblemente tentador. Claro que una inolvidable noche de pasión no le haría mal a nadie. Y, después de eso, todo volvería a ser como antes.

Pero Eric no estaba de acuerdo en interrumpir tan ardiente romance...

Bianca

La pasión amenazaba con dejar al descubierto la vulnerabilidad de ella...

AISLADOS EN EL PARAÍSO

Clare Connelly

Rio Mastrangelo no quería nada de un padre que nunca le había reconocido. Por eso, cuando heredó inesperadamente una isla, decidió venderla tan rápidamente como pudiera. Sin embargo, la posible compradora que llegó a sus costas no era la mimada heredera que Rio había estado esperando y su sensual cuerpo lo atrapó con un tórrido e innegable deseo.

Tilly Morgan aceptó una gran suma de dinero por hacerse pasar por la hija de su jefe, pero no había contado con que se encontraría con el atractivo Rio. Cuando una tormenta azotó la pequeña isla, los dos se quedaron atrapados, sin nada que los protegiera de su embravecido deseo.